U0840695

诗词名家讲

古诗指瑕

—全新修订版—

陈如江—著

东方出版中心

图书在版编目（CIP）数据

古诗指瑕：全新修订版 / 陈如江著. 一上海：东方出版中心，2021.8
ISBN 978-7-5473-1841-6

Ⅰ. ①古… Ⅱ. ①陈… Ⅲ. ①古典诗歌－诗歌研究－中国 Ⅳ. ①I207.22

中国版本图书馆CIP数据核字（2021）第109423号

执行主编 陈 斐
出版统筹 梁 惠
责任编辑 李梦溪
封面设计 陈绿竞

古诗指瑕（全新修订版）

著　　者 陈如江

出版发行 东方出版中心
地　　址 上海市仙霞路345号
邮政编码 200336
电　　话 021-62417400
印 刷 者 山东韵杰文化科技有限公司

开　　本 890mm×1240mm 1/32
印　　张 9.75
字　　数 139千字
版　　次 2021年8月第1版
印　　次 2021年8月第1次印刷
定　　价 50.00元

再版前言

这本《古诗指瑕》初版于1998年，2000年重印一次后，这二十年来，在图书市场已难觅踪影。随着社会的发展进步，优秀的传统文化越来越受到重视，不仅读古典诗词的人日益增多，而且写旧体诗词也成了一种修养。因此不断有人向我索要此书以作参考，而手头的余书早已赠完，只能让需求者上旧书网高价购买了。这次东方出版中心重出此书，真是一件令人欣喜的事。

关于此书的写作缘起，我在初版的《后记》中已有交代，借这次再版的机会，我想谈一下当时的写作思路。

全书共96篇文章，大致是按照当年在报纸发表的先后顺序排列的。因为是每周刊登一篇，先写什么后写什么也是出于随意。不过在专栏开设之初，却是作了一个通盘考虑的，即围绕诗歌创作的艺术规律来谈，每篇只限谈一种诗病，各篇之间不相重复。所以这96篇文章，大致是从诗歌作品的感情、意象、语言、结构、诗趣、音韵等六个方面展开的。如《情辞乖违》《立意浅近》《矜情作态》

诗晬语》）“水中著盐”“无复丝毫痕迹”，这确是用事的最高境界，但如何使得诗中的用事臻至这一境界呢？李颀与胡应麟都没有具体的说明。沈德潜虽然说到了“实事贵用之使活，熟事贵用之使新”，但依然语焉不详。当代人说诗，又通常如嚼饭喂人，令人知其妙而不知其所以妙。所以这些诗病也是给予读诗人与写诗人的一个阶梯。如有关用事这一艺术表现手法，本书一共指出了古诗中有五种诗病，即援古牵强，使事深晦，用典冷僻，堆垛故实，误用古事。通过对这些诗病的解剖分析，读诗人当能掌握用事的标准，从而自主辨别古诗中用事的高下优劣；而写诗者也因有了前车之鉴，当在创作中规避了这些弊病之后，所写的诗在用事方面虽比肩不了古人，但至少也能达到一定的水准。

正如古诗并非都是无懈可击一样，我的这些指瑕文章也不是无瑕可指。杜甫有云：“文章千古事，得失寸心知。”这“寸心”也未必就有“卓识”。所以我在撰述中力求多方参稽，避免偏执拘泥，妄为裁断。作为对中国传统诗歌评论的一种新尝试，倘若读者能因这本小书获得一些启示，那就是对我最大的慰藉了。

目录

情辞乖违

《云溪友议》载有一个有趣的故事，说唐代进士王轩尝泊舟苎萝山下，见到西施石，不禁怀想起当年在此浣纱的西施，遂题诗石上："岭上千峰秀，江边细草春。今逢浣纱石，不见浣纱人。"俄而，一自称西施的美女便出现在他眼前，亦吟诗道："妾自吴宫还越国，素衣千载无人识。当时心比金石坚，今日为君坚不得。"两人欢会而别。此事不久传到一个名叫郭凝素的人耳里，他十分羡慕王轩的艳遇，也效法他石上题诗，尽管题了一首又一首，西施终未再现。

故事中郭氏的诗没有被记录下来，不过我们不难想象出诗人对西施的赞美与颂扬。然而这些赞美与颂扬决不是出自其真情实意，说得明白些乃是借此勾引西施再一次"坚不得"而出来与之相会。用情与用辞如此不一，西施之不现也不足为怪了。

情辞乖违、心口别为二物的情况，在诗歌创作中常有发生。其主要表现形式正如刘勰所说："志深轩冕，而泛咏皋壤。心缠几务，而虚述人外。”（《文心雕龙·情采》）方干的《山中言事》便是这样一首诗：

日与村家事渐同，烧松啜茗学邻翁。
池塘月撼芙蕖浪，窗户凉生薜荔风。
书幌昼昏岚气里，巢枝夜折雪声中。
山阴钓叟无知己，窥镜挦多鬓欲空。

方干曾连应十余举而不第，便遁于会稽，泛舟鉴湖。这首诗作于隐居时，从全篇看，诗人似无心于仕宦，但真情并不如此。既忘怀世情，作钓叟之逍遥，求何“知己”？愁何“鬓空”？由此可见，其身虽在江湖之上，心仍居乎魏阙之下。这种虚伪矫揉之作，自然为读者所厌恶。再看阮大铖的《园居诗》之二：

卧起春风中，百情咸有触。
偶立闻空香，缓步历潜绿。
虫豸亦怀暄，云动徇所欲。
余方守故情，女萝咏岩曲。
时复释道书，南亭事遥瞩。
悠然江上峰，无心入恬目。
谁能忍此怀，弗为群贤告？

阮大铖是人们熟知的明末大奸臣，从依附东林到改投阉党，从拥立福王以挟私报复到迎降清军，一生所作所为，无不表现出他品质卑劣、为人阴险的本性。然而他写诗偏偏要掩饰自己的深心密虑者的面貌，刻意摹仿陶渊明发山水清音，因而他的作品常常陷入言不由衷、情辞乖违的怪圈中。以上所录之作很明显学陶诗的萧散逍遥之风，其中“悠然江上峰，无心入恬目”一联，则直接从陶诗“采菊东篱下，悠然见南山”而来，但我们不难看出阮大铖的虚假。陶渊明见南山是无心偶会，悠然自得，而阮大铖见江峰，先用“悠然”，觉不足，申之以“无心”，还怕不够，复益之以“恬目”，如此强聒不舍，哪还有悠然味？这不正露出了他那深密的用心吗？再如其《微雨坐循元方丈》诗的开端：“隐几憺忘心，惧为松云有。”既已“忘心”，又何“惧”之有？可见其心并未超脱。

意外设景

诗的构成不外情景二端。正如谢榛所说："景乃诗之媒，情乃诗之胚，合而为诗。"（《四溟诗话》）然而，情与景合并非像加法那样简单地叠加在一起，二者必须糅合，即情中有景，景中有情。因此，这便要求诗人在创作中，写情时，景自在；写景时，情并到。意外设景之病，就出在诗人不能融情入景或寄情于景，因而情与景全不相关，如寒夜以板为被，赤身而挂铁甲。试看许浑的《凌歊台》诗：

宋祖凌高乐未回，三千歌舞宿层台。
湘潭云尽暮山出，巴蜀雪消春水来。
行殿有基荒荠合，寝园无主野棠开。
百年便作万年计，岩畔古碑空绿苔。
（"暮山"一作"暮烟"）

凌歊台为南朝宋高祖刘裕所造，位于现在的安徽当涂。诗人写道：刘裕造起了凌歊台，供养三千歌舞女子住在上面。如今台殿早已荒废，唯剩长满了野荠的基址，刘裕的坟园也任野棠自在地开着。当年刘裕曾立碑以垂久远，现在连古碑上都长了绿苔。诗的中间二联都是写景，后一联结合了吊古的题意，情景浃洽，读之令人感叹。而前一联我们却咀嚼不出味来，其原因就在景中无意，有如强凑。所以王夫之批评说："'湘潭云尽暮烟出，巴蜀雪消春水来'，于许浑奚涉？皆乌合也。"（《夕堂永日绪论内编》）再看李约的《从军行三首》之二：

栅壕三面斗，箭尽举烽频。
营柳和烟暮，关榆带雪春。
边城多老将，碛路少归人。
点尽金河卒，年年添塞尘。

这首诗反映边塞战争。首联写边战之危急，颔联言边战之残酷，尾联是对边塞战争的控诉，这些描写都与主题极其契合，独颔联之设景与题意无关。五言律的通例是，前起后结，中间四句二言景，二言情。或许此诗就是按照这个体例写成的，但诗人显然未能意识到，这景乃是情之景，这情乃是景之情，不可截分两橛，故而导致了中间二联一景一情，有如山家村筵席，一荤一素。

如果说情是主、景是宾的话，那么为诗之道就在立主以御宾。

意外之景，便是无主之宾，故再精妙，仍是赘疣。试再看李嘉祐的《送王牧往吉州谒王使君叔》诗：

细草绿汀洲，王孙耐薄游。
年华初冠带，文体旧弓裘。
野渡花争发，春塘水乱流。
使君怜小阮，应念倚门愁。

诗中“野渡花争发，春塘水乱流”一联是传世名句，沈德潜在《唐诗别裁》中曾赞之为“天然名秀，当时称其齐梁风格，不虚也”。然而从整体来看，这二句却是意外之景。诗的首联点明王牧将出游及时序，次联补说王牧的年龄及家学，尾联则是希望他的叔父不要挽留他多住，因为他的父母在家中倚门盼他归去。这些都是结合题旨展开的。而在第三联中，我们就找不出其与题意的关系来。对此，纪昀也发出疑问说：“十字横亘其中，竟作何解？”（《唐人试律说》）

上下不匀

诗歌对偶的上下句间，意之轻重、力之大小，当如铢两悉称，否则就会给人不匀称的感觉。有些诗人常常因注意了“合掌”“偏枯”之病，而对此有所疏忽，故往往字面属对虽工，却上下不甚协调。试看宋之问的《江南曲》：

妾住越城南，离居不自堪。
采花惊曙鸟，摘叶喂春蚕。
懒结茱萸带，愁安玳瑁簪。
待君消瘦尽，日暮碧江潭。

此诗写一个少妇因丈夫远离的难堪情怀，中间二联全用对句，尽管情意比较单薄，但对偶还算工切。不过，若对“采花惊曙鸟，摘叶喂春蚕”一联仔细分析的话，便可发现，上句与下句所表达的意思不相匀称。因采花而惊鸟，一句中有两折，而摘叶喂春蚕仅仅说一事。

如果说，宋之问的《江南曲》是对偶中上下内容的不匀称，那么，崔颢的《黄鹤楼》便是对偶中上下句式的不匀称。其诗如下：

昔人已乘黄鹤去，此地空余黄鹤楼。
黄鹤一去不复返，白云千载空悠悠。
晴川历历汉阳树，芳草萋萋鹦鹉洲。
日暮乡关何处是？烟波江上使人愁。

严羽曾说："唐人七言律诗，当以崔颢《黄鹤楼》为第一。"（《沧浪诗话》）此诗滔滔莽莽，气势阔宕，确是超凡，然推为七言律第一，也未免溢美。律本二对，而此诗颔联用的却是古诗句法，如果说这是诗人为求气格而不拘常规的话，那么颈联当由变归正，否则无以成七言律诗法度。诗人于颈联也确实对偶，但上下联句式却不能统一。"历历"，分明可数也，汉乐府《陇西行》云："天上何所有？历历种白榆。"是知"历历"当连下"汉阳树"读。"萋萋"，茂盛之貌也，《楚辞·招隐士》云："春草生兮萋萋。"是知"萋萋"当连上"芳草"读。由此，"晴川——历历汉阳树"与"芳草萋萋——鹦鹉洲"相对，显然就不合对偶句式上下匀称的要求。

"上下不匀"有时表现在风格方面。试看杜牧的《早秋》诗：

疏雨洗空旷，秋标惊意新。
大暑去酷吏，清风来故人。
樽酒酌未酌，晚花颦不颦。
铢秤与缕雪，谁觉老陈陈。

方回在《瀛奎律髓》中评此颔联云："大暑如酷吏之去，清风如故人之来。倒装一字，便极高妙。晚唐无此句也。"确实，从句法与喻意之新来看，此联颇可称道，但若就风格而论，上下句便显得不够融洽，正如纪昀所指出的："'清风'句自好，'大暑'句终不雅。"（《瀛奎律髓刊误》）

诗歌创作中，"上下不匀"现象以功力的不匀最为多见。其原因黄白山有过一段分析："凡两句不能并工者，必是先得一好句，徐琢一句对之。上句妙于下句者，必下句为韵所缚也；下句妙于上句者，下句先成，以上句凑之也。如老杜'接宴身兼杖'，何等工妙，下句'听歌泪满衣'，则庸甚。然此韵中除'衣'字别无可对。'百年地僻柴门迥，五月江深草阁寒'，上句费力，下句天成。题下注云'得寒字'，五月中'寒'字颇难入诗，想杜公先为此字运思，偶成七字，然后凑成一篇，其上句之不称宜也。"（《载酒园诗话》引）白山所言甚是。

随意省减

诗歌之作，局囿于字数，拘牵于声律，有时不得不在语言上作某些省减。如唐彦谦《长陵》诗有这样一联："耳闻明主提三尺，眼看愚民盗一抔。"前一句的末尾省略了"剑"字，后一句的末尾省略了"土"字。但这种省略不是随意的，"三尺剑""一抔土"因为都是熟语，所以用作歇后，读者自能心知其意。假如诗人违反语言的习惯而随意省减，读者势必就会产生种种误解。试看江淹《颜特进延之侍宴》诗的开端：

> 太微凝帝宇，瑶光正神县。
> 揆日粲书史，相都丽闻见，
> 列汉构仙宫，开天制宝殿。

第二句的"神县"一词，乃是诗人将中国之古称"赤县神州"随意挑取二字组合而成，而通常的习惯是，或以"赤县"代中国省略“神州”，或以“神州”代中国省略“赤县”。这里压缩为“神县”，实属罕见，若不作解释，人们还会以为是某个县名呢。试再看李峤的《门》诗：

奕奕彤闱下，煌煌紫禁隈。
阿房万户列，阊阖九重开。
疏广遗荣去，于公待驷来。
讵知金马侧，方朔有奇才。

诗的最后二句用东方朔待诏金马门事，以切咏门。然东方是复姓，省去一字，便感别扭，因为这不合我国习惯上的称呼。关汉卿《窦娥冤》中的一首诗也有类此毛病：

读尽缥缃万卷书，可怜贫杀马相如。
汉庭一日承恩召，不说当垆说子虚。

诗的次句将司马相如削减为马相如，骤读之，很容易会将其作为一个姓马名相如的人来理解。

李贺的一些名篇常常有不顾语言结构的随意省减，为此钱锺书先生在《谈艺录》中曾予以批评：

《绿章封事》云：“愿携汉戟招书鬼”，《秋来》云：

“雨冷香魂吊书客”,《高轩过》云:“庞眉书客感秋蓬”,《题归梦》云:“书客梦昌谷”;以“书生作客”约缩为“书客”,“书生之鬼”约缩为“书鬼”,虽不费解,却易误解,将以为“书客”犹“剑客”、“墨客”之“客”而“书鬼”如“酒鬼”、“色鬼”之“鬼”也。然较之少陵《八哀诗·李光弼》之“异王册崇勋”,约缩“异姓王”为“异王”,则“书客”、“书鬼”尚非不词之甚者。

这段论述也顺便提到杜甫《八哀诗·李光弼》的省减之失。实际上比此诗尤“不词之甚”的例子还大有所在。试看苏轼的《减字木兰花》词:

天然宅院,赛了千千并万万。说与贤知,表德元来是胜之。　　今来十四,海里猴儿奴子是。要赌休痴,六只骰儿六点儿。

据词意,尾句应该是“六只骰儿皆六点”,由于字数与韵脚的限制,作者省去了“皆”字。这一省,则词义为六只骰儿计只六点,即俗所谓六丁神,乃色之最少者,所以李冶指出:“只欠一字,辞理俱诎。”(《敬斋古今黈》)

尽管有时诗句中某些字眼的省减不致引起读者的误解,但若影响到诗句本身情调的和顺亦属不当。试看王安石的《秋露》诗:

日月跳何急？荒庭露送秋。
初疑宿雨泫，稍怪晓霜稠。
旷野将驰猎，华堂已御裘。
空令半夜鹤，抱此一端愁。

诗的首句从韩愈“日月如跳丸”诗句而来，然有“丸”字，“跳”字乃有意，此处省“丸”字而用“跳”字，自然就不雅驯，令人有削足适履之感。

制题不工

题者，许慎《说文解字》释为“额”。额是人体头部最为显眼的位置，由此可见古人对文章题目的重视。孙祖诒曾云：“古人之工为诗者，无不工于制题。”（沈其光《瓶粟斋诗话》引）这是因为制题也是诗歌创作的一个组成部分。题制得好，则如人之眼目俱明，足以坐窥万象。而有些诗人则以为篇题无关诗病，草草而成。试看梅尧臣的《岸贫》诗：

无能事耕获，亦不有鸡豚。
烧蚌晒槎沫，织蓑依树根。
野芦编作室，青蔓与为门。
稚子将荷叶，还充犊鼻裈。

据诗意，可知是写住在河岸边贫民的生活，可诗题则令人不解所谓。吴齐贤有云：“读诗之法，当先看其题目。”（《论杜》引）

先读到这种摸不着头脑的诗题，谁还会有兴趣去欣赏诗篇？

辛文房在《唐才子传》中论述独孤及时曾指出："立题乃诗家切要，贵在卓绝清新，言简而意足，句之所到，题必尽之，中无失节，外无余语，此可与知者商榷云。"这段话实际上对诗的制题提出了三个要求，一是"言简"，二是"无失节"，三是"无余语"。而制题之不工往往与这三者有关，即题详尽、漏义与赘语。

先说详尽。如苏轼有一诗题为《昔在九江，与苏伯固唱和。其略曰：我梦扁舟浮震泽，雪浪横空千顷白。觉来满眼是庐山，倚天无数开青壁。盖实梦也。昨日又梦伯固手持乳香婴儿示予，觉而思之，盖南华赐物也。岂复与伯固相见于此耶？今得来书，知已在南华相待数日矣。感叹不已，故先寄此诗》，共一百零二字，而全诗只有八句五十六字。题详尽，诗味就浅薄无余韵。方南堂说得好："立题最是要紧事，总当以简为主，所以留诗地也。使作诗义意必先见于题，则一题足矣，何必作诗？然今人之题，动必数行，盖古人以诗咏题，今人以题合诗也。"（《辍锻录》）

再说漏义。如李白的《下途归石门旧居》诗，从诗首尾所写"吴山高，越水清，握手无言伤别情。将欲辞君挂帆去，离魂不散烟郊树""挹君去，长相思，云游雨散从此辞。欲知怅别心易苦，向暮春风杨柳丝"可知，这是一首留别诗，而诗题却无此义。诗题下只有补上"别人"二字，题意才算完整。又如读张九龄的诗题《初发道中寄远》《初发道中赠王司马兼寄诸公》，总感不够明了，原因就在题中漏标地名。拿宋之问的《初发荆府赠长史》、欧阳詹的《初发太原途中寄太原所思》作对比，无疑是后者来得醒目。

三说赘语。如梅尧臣的《二月七日吴正仲遗活蟹》:“年年收稻卖江蟹，二月得从何处来。满腹红膏肥似髓，贮盘青壳大于杯。定知有口能嘘沫，休信无心便畏雷。幸与陆机还往熟，每分吴味不嫌猜。”诗所描写的是河蟹而非海蟹，河蟹是高蛋白的食物，与黄鳝一样，死即不可食。所以送蟹者，绝无送死蟹之理。由此，诗题中“遗活蟹”的“活”字赘矣。

误用古事

朱庭珍在《筱园诗话》中告诫说："使事运典，最宜细心。"他要求的细心是："第一须有取义，或反或正，用来贵与题旨相浃洽"；"次则贵有剪裁融化，使旧者翻新，平者出奇"。我们不妨再补充一条，即故事虽了在心目间，亦当就时讨阅，考引事实无差，乃可传信后世。增加这条要求，是因为我们看到不少作品在使事时，张冠李戴、误引用之的情况较为严重。试看高适的《送浑将军出塞》诗：

李广从来先将士，卫青未肯学孙吴。

这二句诗人以古代名将李广、卫青比拟浑将军，称颂他身先士卒、精于用兵。前一句所言之事史书有记载，后一句所言之事则不见于文献。考《史记》《汉书》，不学孙吴兵法者乃霍去病。《汉书·霍去病传》载："去病为人少言不泄，有气敢往。上尝欲教之吴、孙兵法，对曰：‘顾方略何如耳，不至学古兵法。’”可见，“卫青未肯学孙吴”乃是诗人粗心误记。王维也曾谬用卫、霍事，其《老将行》中有这样二句：

卫青不败由天幸，李广无功缘数奇。

诗句通过卫青与李广的对举，诉说老将昔时遭遇。《汉书·霍去病传》云：“去病所将常选，然亦敢深入，常与壮骑先其大军，军亦有天幸，未尝困绝也。然而诸宿将常留落不耦，由此去病日以亲贵，比大将军。”显然，“不败由天幸”乃去病事，非卫青也。试再看韩偓的《乱后春日途经野塘》诗：

世乱他乡见落梅，野塘晴暖独徘徊。
船冲水鸟飞还住，袖拂杨花去又来。
季重旧游多丧逝，子山新赋极悲哀。
眼看朝市成陵谷，始信昆明是劫灰。

韩偓曾深得唐昭宗信用，因不满朱温篡权，被赶出朝廷。此诗作于朱温篡唐后，第三联借季重、子山之典，抒发内心的悲愤。然吴质（季重）却无“旧游多丧逝”之事，此乃诗人误记所致。按曹丕《与吴质书》云：“昔年疾疫，亲故多离其灾，徐、陈、应、刘，一时俱逝，痛何可言邪！昔日游处，行则连舆，止则接席，何尝须臾相失。”曹丕给吴质的这封信是悼念自己死去了的朋友，所以“多丧逝”当是“子桓旧游”，而非“季重旧游”。诗人因读《文选》不精，遂有此误。

叶梦得在《石林诗话》中曾指出：“古今人用事，趁笔快而误者，虽名辈有不免。”苏轼便是这样一个诗人。其虽善用故事，但下笔痛快，常不复检本订之，因而多有误处。如《次韵钱舍人病起》诗：

何妨一笑千痾散，绝胜仓公饮上池。

《史记·扁鹊列传》载：“长桑君亦知扁鹊非常人也，出入十余年，乃呼扁鹊私坐，闲与语曰：‘我有禁方，年老，欲传于公，公毋泄。’扁鹊曰：‘敬诺。’乃出其怀中药予扁鹊：‘饮是以上池之水，三十日当知物矣。’乃悉取其禁方书尽与扁鹊。忽然不见，殆非人也。扁鹊以其言饮药三十日。”则知“饮上池”之水者乃扁鹊，非仓公淳于意也。又如《次韵徐积》诗：

杀鸡未肯邀季路，裹饭先须问子来。

《庄子·大宗师》载，子祀、子舆、子犁、子来四人相与友。又载：“子舆与子桑友，而霖雨十日。子舆曰：‘子桑殆病矣！’裹饭而往食之。”由此可知，“裹饭”乃子桑而非子来事也。

设喻粗鄙

据《笑笑录》载，唐伯虎代市人写对联云："生意如春意，财源似水源。"其人不满意，说必须显而易见方好。唐面带愠色重写道："门前生意，好似夏天蚊虫，队进队出；柜里铜钱，要像冬天虱子，越捉越多。"其人大喜而去。这个笑话，很可能是出于后人的虚构，因为不论是如何无知无识者，都不会看了这副设喻粗鄙的对联"大喜而去"的。然而，在诗歌创作中，有些人还是会无视这一点。试看《太平广记》卷二五八引北齐高敖曹的《杂诗三首》：

其一

冢子地握槊，星宿天围棋。

开坛瓮张口，卷席床剥皮。

其三

桃生毛弹子，瓠长棒槌儿。

墙欹壁亚肚，河冻水生皮。

这两首诗句句取譬，我们不能说这些比喻的本体与喻体之间毫不相类，也不能说这些比喻缺乏想象与新奇，可读来实在要捧腹大笑，其原因即在设喻之粗鄙不堪。类此例子还不少见，如《北梦琐言》载包贺断句“雾是山中子，船为水靸鞋”“棹摇船掠鬓，风动水槌胸”；《杨文公谈苑》载朱贞白咏月“八月十五夜，一似没柄扇”；《万历野获编》载周如斗、胡宗宪联句“瓶倒壶撒溺”；《柳南随笔》载某禅师雪诗“天公大吐痰”；《樵说》载某人仿李白诗“小时不识雨，只当天下痢”，等等。这些诗句虽不能排除好事者托以成之，但也并非是空穴来风，因为有不少名家亦每有此弊。试看姚合的《对月》诗：

银轮玉兔向东流，莹净三更正好游。
一片黑云何处起，皂罗笼却水精球。

片云渐渐遮月是一幅美丽的景象，而诗人却以“皂罗笼却水精球”设喻，真是大煞风景。“皂罗”乃是以黑色绫罗制成的帽子，以皂罗喻云，已是不雅，再以“笼却水精球”喻明月被遮蔽，简直有如儿戏。陈陶《海昌望月》亦有此失，诗中有这样四句：

重轮运时节，三五不自由。

疑抛云上锅，欲搂天边球。

以“云上锅”“天边球”来比喻空中明月，有何意味可言？这位写出“可怜无定河边骨，犹是春闺梦里人”（《陇西行》）名句的诗人，竟会作出如此粗鄙的比喻，真令人不可思议。试再看苏轼的《新城道中二首》之一：

东风知我欲山行，吹断檐间积雨声。
岭上晴云披絮帽，树头初日挂铜钲。
野桃含笑竹篱短，溪柳自摇沙水清。
西崦人家应最乐，煮葵烧笋饷春耕。

这首诗用轻松活泼的笔调抒写自己旅途中的愉悦心情。从第二联看，以“絮帽”喻“岭上晴云”，以“铜钲”喻“树头初日”，用笔已近于轻佻，取譬也毫无雅趣，真使人难以相信此乃出于苏轼之手。所以纪昀批苏诗，于此联曰：“三、四自恶，不必曲为之讳。”（《瀛奎律髓刊误》）再看宋词人王之道的《卜算子》词：

堂下水浮天，人指山为岸。水落寒沙只见山，暗被天偷换。　　堂上老诗翁，客至劳相管。风喘西头客自东，目送云中雁。

词的下片将风吹之声比作“风喘”，对此读者哪里还会有美感产生？可作者还甚得意，在《西江月》词中又写道：“绿杨风喘客帆迟。”

杜撰词汇

《红楼梦》第三十七回中，薛宝钗曾向史湘云说了这样一个诗学观点："诗固然怕说熟话，然也不可过于求生。"这个观点与中国古典诗学理论是完全一致的。宋代陈永康在《吟窗杂录序》中就已列目为"十戒"者云："一戒乎生硬，二戒乎烂熟。"袁枚在《续诗品》中也明确指出："知熟必避，知生必避。"个中道理方回说得最为明了："熟而不新则腐烂，新而不熟则生涩。"(《恢大山西山小稿序》)

语言的生熟通常是由词汇体现出来的，生，往往就生在诗人的杜撰，从而令读者感到艰涩难解。试看罗隐的《秋日富春江行》诗：

远岸平如剪，澄江静似铺。
紫鳞仙客驭，金颗李衡奴。
冷叠群山阔，清涵万象殊。
严陵亦高见，归卧是良图。

此诗叙秋日富春江之游，描写颇有气色。除第五句的“冷叠”一词外，只要有一定的典故知识，全篇的词语是不难理解的。纪昀曾指出：“‘冷叠’二字生。”（《瀛奎律髓刊误》）确实，这个词在诗人之前未见有谁用过。我们并不反对作者自铸新词，但起码也得让读者明白其含义吧。而此词的意思，却令人无从理解。试再看张碧的《游春引三首》之三：

千条碧绿轻拖水，金毛泣怕春江死。
万汇俱含造化恩，见我春工无私理。

首句的“千条碧绿”当指柳丝，次句的“金毛”就使人不解所谓，尽管这二字并不难识。“金毛”通常指称金色的毛发，但此处不会是这个意思，若说是诗人错用吧，可也错不到将其与“怕死”相接。显然，这个词汇是据诗人特定的意思硬造出来的，其含义当然只有他自己知道。

从诗歌创作的实际情况来看，杜撰词汇的毛病多发生在使用典故之际。用典的目的之一是加深和扩展作品的内在容量，这自然要求诗人用最精炼的语言把故事概括出来。有时诗人为求精炼，便不惜词语的生硬了。试看李商隐《喜雪》诗的前八句：

朔雪自龙沙，呈祥势可嘉。
有田皆种玉，无树不开花。

班扇慵裁素，曹衣讵比麻？

鹅归逸少宅，鹤满令威家。

“班扇”以下四句，一句一典，都是用来衬托雪色之洁白。其中“曹衣讵比麻”出于《诗经·曹风·蜉蝣》的“蜉蝣掘阅，麻衣如雪”。这一古典成语竟被概括为“曹衣”一词，简直令人绝倒。语言学认为，词或词组所表示的意义，必须为说话的人和听话的人所共同了解，而这个“曹衣”有几个读者能够探明其中的含义呢？其实，按照语言学的组词规范，将此典概括成“曹国麻衣”，读过《诗经》的人也就不难理解。如宋人胡宿《雪》诗的“色欺曹国麻衣浅，寒入荆王翠被深”，便一点也不让人感到生硬。不过胡宿也经常犯杜撰词汇的毛病。如其《馆中候马》诗：

紫陌归鞍后，端门午鼓余。

铜池衔落景，铁槛掩残书。

水远沟声细，花闲壁影疏。

去驺呼已远，自笑守应庐。

尾句的“应庐”一词，未见有所本，难以解释，原来诗人是据应璩《百一诗》“问我何功德，三入承明庐”句而自造。其诗中诸如此类的自造词汇甚多，如因《老子》有“如登春台”语，即用“老台”；因杜牧《登池州九峰楼寄张祜》诗有“谁人得似张公子，千首诗轻万户侯”，即用“诗户”，所以卢文弨在《龙城札记》中责为“生僻不可为训”。

前后矛盾

骆宾王《玩初月》绝句云:“忌满光恒缺，乘昏影欲流。既能明似镜，何用曲如钩。”读者不难发现，此诗前后意思截然相反。既然起句已赞美月亮“忌满”而“光恒缺”，何以在后二句不顾前旨，又去指责月亮“既能明似镜，何用曲如钩”呢？这种前后矛盾的诗病，在不少诗人的作品中都可找到。试看杜甫的《君不见简苏徯》诗：

君不见道边废弃池？君不见前者摧折桐？
百年死树中琴瑟，一斛旧水藏蛟龙。
丈夫盖棺事始定，君今幸未成老翁，何恨憔悴在山中！
深山穷谷不可处，霹雳魍魉兼狂风。

苏徯系杜甫友人之子，因仕途不得志，颇为悲观，杜甫乃作此诗以劝慰。前四句以废池尚蓄蛟龙、折桐犹作琴瑟的比兴为引端，接下三句转到苏徯身上，指出大丈夫只有到生命终了方能评说功名，你现在年力未衰，不必为暂时不遇而消极怨恨。按理说诗最后当作鼓励才是，而作者却道“深山穷谷不可处，霹雳魍魉兼狂风”。浦起龙以为这二句是“暗用《招魂》意”（《读杜心解》），但将此接在“何恨憔悴在山中”句后，不是前后矛盾吗？再看曾几的《食笋》诗：

花事阑珊竹事初，一番风味殿春蔬。
龙蛇戢戢风雷后，虎豹斑斑雾雨余。
但使此君常有子，不忧每食叹无鱼。
丁宁下番须留取，障日遮风却要渠。

春花将尽，新笋登盘，那别具一格的风味，令诗人食之难忘，遂祝愿：只要竹林常发新笋，就不用再忧叹平时食无鱼肉了。行文至此，诗理颇顺。可诗人偏又接“丁宁下番须留取，障日遮风却要渠”二句，说是下番不应取食，因为障日遮风需要竹林。前既说欲常食，后又说须留取，其自相矛盾如此。

又如陈与义的《夜雨》诗：

经岁柴门百事乖，此身只合卧苍苔。
蝉声未足秋风起，木叶俱鸣夜雨来。
棋局可观浮世理，灯花应为好诗开。
独无宋玉悲秋念，但喜新凉入酒杯。

这是诗人二十七岁时的作品，当时其已解官回故乡洛阳，在家闲居，未得任用，内心颇多怨恨与牢骚，故首句有“经岁柴门百事乖”之叹。然既叹百事乖违，何尾联又独无宋玉之悲，但喜新凉入酒?

再如李梦阳的《秋怀》诗：

庆阳亦是先王地，门对东山不窋坟。
白豹寨头惟皎月，野狐川北尽黄云。
天清障塞收禾黍，日落溪山散马群。
回首可怜鼙鼓急，几时重起郭将军?

第二联的“惟皎月”“尽黄云”，表明无民物，而第三联又云“收禾黍”“散马群”，则又表明有民物，这一矛盾，遂令读者不知所云。

刘勰在《文心雕龙·附会》中曾批评当时的文学创作“通制者盖寡，接附者甚众”，意谓做通盘考虑的人少，而勉强拼凑的人多。此说虽不免有些夸张，但也道出了前后矛盾诗病之症结所在。

以类为类

大家都熟悉《世说新语》中“咏雪”的故事。谢道韫以柳絮喻纷纷飞雪，无疑要比谢朗的撒盐之喻来得高明。假设诗人们咏雪都以柳絮作比的话，那会产生怎样的情况呢？不言而喻，读者必感乏味，这正如西谚所谓：“第一个把花比作美人的是天才，第二个是庸人，第三个就是笨伯了。”试看白居易的《对火玩雪》诗：

平生所心爱，爱火兼怜雪。
火是腊天春，雪为阴夜月。
鹅毛纷正堕，兽炭敲初折。
盈尺白盐寒，满炉红玉热。
稍宜杯酌动，渐引笙歌发。
但识欢来由，不知醉时节。
银盘堆柳絮，罗袖抟琼屑。

共愁明日销，便作经年别。

此诗的构思颇见巧心。其中“火是腊天春，雪为阴夜月”之设喻，既新颖贴切，又生动形象。可是状雪的三个比喻“鹅毛”“白盐”“柳絮”，不惟累赘，读来亦觉无美感可言。“鹅毛”“白盐”本非俊语，这且不论，即“柳絮”一词在唐宋亦已是不新鲜了。陈师道的咏雪诗有这样两句：“遥知吟榻上，不道絮因风。”（《雪中寄魏衍》）方回在《瀛奎律髓》中评云：

“遥知吟榻上，不道絮因风”，此教人作诗之法也。“撒盐空中差可拟”，此固谢家子弟之拙。“未若柳絮因风起”，未可谓谢夫人此句冠古也。想魏衍此时作诗，必不用此等陈言，乃后山意也。

新样屡为则成陈，巧制不变则刻板，显然以柳絮状雪在当时不足为美。这也可以从杨万里《和马公弼雪》诗句“盐絮吟来总未安”见出。

从艺术思维的角度来讲，比喻是诗人由甲事物与乙事物的类似上发生联想。诗人在描绘甲事物时，借助更生动有趣而形象具体的乙事物作比，可以加深读者的审美感受。但是诗人设喻也往往会陷于一种两难的境地，一方面“凡比必于其伦”，另一方面“凡喻必以非类”。凡比必于其伦，是要求比喻的双方应有类似的特征；凡喻必以非类，是要求比喻的双方不应为同类。而要满足这两方面的条件，诗人就必须充分施展想象，在两个似乎毫无关联的事物中捕捉到其灵犀暗通之处。由于类似联想首先是在最相近的事物间发生的，诗人一旦懒于精思，就会落入因习惯而凝固成的一种比喻定式之中，正如范德机所谓的“如咏妇人者，必借花为喻；咏花者，必借妇人为比”(《木天禁语》)。这种以类为类的比喻，当然不会引起读者的意外与新奇之感，“柳絮”之喻就说明了这个问题。

但是否就意味着，前人的某个设喻已使原来孤立的事物不类为类了，后人再使用便是以类为类而应禁笔呢？我以为，只要能通变而不是沿袭，自不必拘泥。沈德潜对李白的《赠汪伦》诗“桃花潭水深千尺，不及汪伦送我情”二句的评论，或许对我们有所启发：“若说汪伦之情比于潭水千尺，便是凡语，妙境只在一转换间。”(《唐诗别裁》)

韵脚复出

韵脚复出被指为诗病自唐宋始。唐宋之前对此并不避忌，如王粲《从军诗五首》之四押二“人”字，曹植《美女篇》押二“难”字，阮籍《咏怀》诗押二“归”字，陆机《拟行行重行行》诗押二“音”字，张协《杂诗》押二“生”字，谢灵运《田南树园激流植援》诗押二“同”字，江淹《杂体诗》押二“门”字，任昉《出郡传舍哭范仆射》诗押三“情”字、二“生”字等。唐宋以来才逐渐严格，如孔毅夫《杂记》批评韩愈诗说：“退之诗好押狭韵累句以示工，而不知重叠用韵之为病也。《双鸟》诗押两‘头’字，《李花》诗押两‘花’字。”所以王世懋便将“重押”列入“诗有古人所不忌，而今人以为病者”（《艺圃撷余》）之一。不过，唐宋对重韵的避忌因诗体不同而宽严有别，古风与排律一般不拘。如杜甫《北征》诗，一篇押二“日”字；《赠秘书监江夏李公邕》诗，一篇押二“厉”字；《赠李八秘书别三十韵》诗，一篇押二“虚”字。但宋代对此也严了起来，如苏轼《送江公著知古州》诗，有“方将华省起弹冠，忽忆钓台归洗耳”及“簿书期会得余闲，亦念人生行乐耳”之句，为避时人启疑，其自注云：“二‘耳’义不同，故得重用。”至于近体（除排律），则唐宋人皆把重韵悬为厉禁的。这是因为五言律仅四十字，七言律仅五十六字，如果首句入韵的话，全诗不过五个韵脚，若连这五个韵脚都避不开重复，则完全就是诗人的不肯用心或才思窘俭了。宋代的张耒便是这样一个诗人，他的五七言律诗，韵脚复出不时有见。试看两首：

辞爵浮云外，安民反手中。
山林独往意，衮绣太平公。
布被终身俭，貂冠一命崇。
他年两行泪，碑下泣羊公。
（《故仆射司马文正公挽词四首》之二）

当道朱门白昼扃，高堂歌吹久无声。
古窗雨积昏残画，朽树经阴长寄生。
门下老人时洒扫，旧时来客叹平生。
艳姬骄马知何处，独有庭花春正荣。
（《京师废宅》）

前一首韵脚二用“公”字，后一首韵脚二用“生”字。从内容看，并非无此重复就不足以传其情，无此重复就不足以达其意，诗人只要下些功夫琢磨，完全可以避免此失。张耒五律的《次韵赵伯坚二首》之二的押二“望”字，《近清明二首》之二的押二“斜”字，《暮春书四首》之三的押二“长”字；七律的《耒将之临淮泊泗上病作》的押二“东”字，《自海至楚途次寄马全玉八首》之六的押二“家”字，《夏日三首》之三的押二“凉”字，均属此种情况。张耒曾云：“以声律作诗，其末流也，而唐至今诗人谨守之。”（《苕溪渔隐丛话》引）作诗固不能以律害辞，但不讲声律，又何可言诗？显然他想借此来掩饰自己作诗时的偷懒。

有一种重韵需另当别论的，即词曲中的“独木桥体”，它不仅不以重韵为病，反而以重韵为能事，如黄庭坚的《阮郎归》词：

烹茶留客驻金鞍，月斜窗外山。别郎容易见郎难，有人思远山。　归去后，忆前欢，画屏金博山。一杯春露莫留残，与郎扶玉山。

所有韵脚全押一个“山”字。此类作品纯是为显示文字技巧，故可取处多在体格。

凿空强作

诗词之道，乃遭际兴会，抒发性灵，正如方东树所言："诗人感而思，思而积，积而满，满而作。"(《昭昧詹言》)然而也有不少人为了附庸风雅，为了官场应酬，为了沽名钓誉，胸无感触，凿空强作，或处富有而言穷愁，或遇承平而言干戈。当然这种本无情而牵强以起其情，本无意而虚饰以立其意之作，谁也不会喜欢。有个颇为典型的例子。宋人李廷彦，将自己写的百韵诗呈送一达官请教，其中有句云："舍弟江南没，家兄塞北亡。"达官恻然伤之曰："不意君家凶祸并重如此。"廷彦急忙站起回答："实无此事，但图对属亲切耳。"此事传开后，成为笑谈，有人还续了两句："但求诗对好，不怕两重丧。"(事见范正敏《遁斋闲览》)

诗歌史上，以明代诗坛征事凑合、强自为诗的现象最为突出，尤其是前后"七子"的某些诗作，刻意求工，满纸浮词，时露矫揉痕迹。后世诗评家对他们纷纷指责，不为无因。清代倡"神韵说"的王士禛亦是凿空强作的典型，袁枚曾批评他说："阮亭主修饰，不主性情，观其到一处必有诗，诗中必用典，可以想见其喜怒哀乐之不真。”（《随园诗话》）不过前后“七子”及王士禛的这类无病而呻、不哀而悲的作品，人们还比较容易看得清楚（清代各种诗话中对此有较多的剖析），而有些伪笑佯哀的创作，却令人有时很难识其真相，甚至为其所欺骗。试看金完颜璹的《朝中措》词：

襄阳古道灞陵桥，诗兴与秋高。千古风流人物，一时多少雄豪。　　霜清玉塞，云飞陇首，风落江皋。梦到凤凰台上，山围故国周遭。

这首被徐釚《词苑杂谈》称为“闻而悲之”的小令，便是凿空强作而成。词末尾承袭刘禹锡《石头城》诗句，而其中“故国”究竟何指？若指六朝，则与金国何关？若指本国，则其时未亡。因此可见，作者的追昔伤今，并不是出于对当时特定社会现实的感怀，同时在作品中也寻找不出作者受具体景物情事触发的痕迹，很显然，此词仅仅是就历史作一番泛泛的慨叹。这种不知被前人吟咏过多少遍的兴亡盛衰之感，由于缺乏现实的背景与词人自身的性情，所以也就引不起读者的共鸣。尽管作者在词中大量借用前人诗词名句以壮声情，仍不能益其胸中之所本无。

要避免凿空强作，关键在于变为文造情为为情造文。况周颐对此曾作过一段非常精辟的论述：“吾听风雨，吾览江山，常觉风雨江山外有万不得已者在。此万不得已者，即词心也。而能以吾言写吾心，即吾词也。此万不得已者，由吾心酝酿而出，即吾词之真也，非可强为，亦无庸强求，视吾心之酝酿何如耳。”（《蕙风词话》）

比拟不伦

比喻是诗歌创作中最常用的艺术手法之一。新颖生动的比喻，总是由两个几乎毫无相涉的事物黏合而成。如白居易《琵琶行》诗“大弦嘈嘈如急雨，小弦切切如私语”；又如秦观《浣溪沙》词“自在飞花轻似梦，无边丝雨细如愁”。当然这必须有个前提，即无论是喻与被喻的两个事物的差别多大，其间总要有一根可以联结的纽带。有了这根纽带，比喻才贴切，诗意才形成。但这个前提，往往被一些诗人所忽视。试看王安石的《落星寺南康军江中》诗：

窣云台殿起崔嵬，万里长江一酒杯。
坐见山川吞日月，杳无车马送尘埃。
雁飞云路声低过，客近天门梦易回。
胜概唯诗可收拾，不才羞作等闲来。

诗的尾联告诉我们，作者登临落星寺，颇有感慨，故借诗抒情。次句的“酒杯”二字是对远望中的长江所下的比喻。有本王安石诗选在解释此句时说，李贺《梦天》诗“遥望齐州九点烟，一泓海水杯中泻”，与之“是同类性质的比喻”。实际上这两个设喻不能相提并论。说在天上看海，海水像杯中之水，很生动贴切；而说长江像酒杯，则不伦不类了。长江既然有“万里”之长，则何以能用“酒杯”取譬？为此我很怀疑，诗人当时是否真有身处其境的感受。

就诗的设喻来说，两个事物之间仅仅有某个关联点足远远不够的，还必须注意到设喻与物性之间是否合情，是否和谐。范正敏《遁斋闲览》载有这样一个故事：

> 西头供奉官钱昭度曾咏方池，诗云：“东道主人心匠巧，凿开方石贮涟漪。夜深却被寒星映，恰似仙翁一局棋。”有轻薄子见而笑曰：“此所谓‘一局黑全输’也。”

诗人因未能考虑到比喻的双方是否和谐，故给人以强取类比之感。黄庭坚的《春雪呈张仲谋》诗也存在着这个毛病，其首联云：

> 暮雪霏霏若撒盐，须知千陇麦纤纤。

雪与盐在形状、颜色方面很接近，所以从某些特定角度看，咏雪以盐喻是可行的，如苏辙诗句“云覆南山初半岭，风干东海尽成盐”（《次韵子瞻赋雪》）。而黄庭坚此诗乃是状“霏霏”暮雪，因此用“撒盐”比拟便与物性不谐。《世说新语》中有个咏雪故事：一日谢安与儿女讲论文义，俄而雪骤，便出题曰：“白雪纷纷何所似？”兄子谢朗曰：“撒盐空中差可拟。”兄女谢道韫曰：“未若柳絮因风起。”两者高下自明。故苏轼有云：“柳絮才高不道盐。”（《谢人见和前篇二首》之一）不知诗才颇高的黄庭坚何以还会袭用如此拙劣的比喻。尽管比喻都不免是跛足的，但总要能站得住、跨得出才行。刘勰说得好：“故比类虽繁，以切至为贵，若刻鹄类鹜，则无所取焉。”（《文心雕龙·比兴》）

画蛇添足

温庭筠有一首小词《望江南》:“梳洗罢，独倚望江楼。过尽千帆皆不是，斜晖脉脉水悠悠。肠断白蘋洲。”谭献曾以为“犹是盛唐绝句”（谭评《词辨》），然而细味煞尾，总觉一泻无余，正如李冰若所评:“此词末句，真为画蛇添足。”(《栩庄漫记》)

在古典诗词作品中，画蛇添足的毛病还不少见，其原因约有三，首先是出于有情而必尽言。试看李群玉的《雨夜呈长官》诗：

远客坐长夜，雨声孤寺秋。
请量东海水，看取浅深愁。
愁穷重于山，终年压人头。
朱颜与芳景，暗赴东波流。
鳞翼思风水，青云方阻修。
孤灯冷素艳，虫响寒房幽。
借问陶渊明，何物号忘忧。

无因一酩酊，高枕万情休。

这首诗抒写在异乡的雨夜感怀，述情叙怨，可谓委曲周详，然而韵味却不厚，令人难以动情，问题便在于出现了蛇足。开首二句远客长夜、秋雨孤寺的交代，情景已明；三四句量水东海、比愁深浅的设喻，启人以思，只此说住，便可想见言外有无限情事。然诗人刻意求备，偏把愁重压人、年华随波、仕途受阻诸情事全部端将出来，此诗味所以薄也。

其次是出于唯恐读者不解诗意。试看柳宗元的《渔翁》诗：

渔翁夜傍西岩宿，晓汲清湘燃楚竹。

烟销日出不见人，欸乃一声山水绿。

回看天际下中流，岩上无心云相逐。

苏轼曾云："此诗有奇趣，然其尾两句，虽不必亦可。"（释惠洪《冷斋夜话》引）确实，若削冗句，浑成一绝。第一联的暮宿晨兴，已见渔翁的闲适自在；第二联的画外清音，已见渔翁的超凡绝俗，若就此结尾，便余情不尽，恰到好处。诗人却为蛇添足，又续"回看天际下中流，岩上无心云相逐"二句以点实，不仅与前面的叙述角度相矛盾，亦破坏了全诗的意境神韵。

诗人不忍割爱，是导致画蛇添足的第三个原因。试看明代王越的《与李布政彦硕冯佥宪景阳对饮》诗：

相逢无奈还伤别，尊酒休辞饮几巡。
自笑年来常送客，不知身是未归人。
马嘶落日青山暮，雁度西风白草新。
离恨十分留一半，三分黄叶二分尘。

诗的后四句绘景道情颇有意味，然前四句写情已足，不必再赘一词，故本为佳句，反成饶舌。

据《唐诗纪事》载，祖咏在长安应试，试题是《终南山望余雪》，须写成一首六韵十二句的五言排律，然其写了“终南阴岭秀，积雪浮云端。林表明霁色，城中增暮寒”四句便交卷，考官诘之，答曰“意尽”。诗人之自重如此。若再凑合，必成蛇足，何得传诵千古？

与史不符

杜牧《过华清宫绝句》诗云：

长安回望绣成堆，山顶千门次第开。
一骑红尘妃子笑，无人知是荔枝来。

此诗颇受后人称誉。但细心的读者不难发现，诗中有不合史实处。华清宫位于陕西临潼骊山麓，山有温泉，气候和暖，据唐史记载，唐玄宗与杨贵妃每年十月赴华清避寒，至春暖之时再返长安。荔枝则盛暑方熟，所以他们在华清宫不可能见到进贡荔枝。尽管这一失误还不至于影响全诗的思想性与艺术性，但毕竟是白璧之瑕。

无论是咏史诗还是怀古诗，作者在创作中，总要对所涉及的历史人物或事实进行概括、提炼等艺术加工，因此它首先是诗而非史实，不能与历史完全等同起来。然而对诗人来说，在咏史或怀古中，固然可以讲兴会神到，但必须以所征引史实的具体的时地、人事为前提，只有如此，诗才可信可感。杜牧的《赤壁》诗有这样两句："东风不与周郎便，铜雀春深锁二乔。"赤壁之战，关系到东吴的社稷存亡和孙氏霸业，诗人却偏从美女落笔，为此许顗曾批评道："措大不识好恶。"（《彦周诗话》）实际上这正是诗人独特的艺术构思。我们注意到，此诗在细节上并不随意处置，"东风""周郎""铜雀""二乔"，均合历史事实，套用一句古话就是"随心所欲不逾矩"。

诗的与史不符情况的发生，一般总是诗人在创作中率尔操觚、随情涉笔所致。试看李白的《王昭君二首》之一：

汉家秦地月，流影照明妃。
一上玉关道，天涯去不归。
汉月还从东海出，明妃西嫁无来日。
燕支长寒雪作花，蛾眉憔悴没胡沙。
生乏黄金枉图画，死留青冢使人嗟。

此诗诗意与诗题相合。但据史载，汉与匈奴的往来之道，大抵经云中、五原、朔方（今均属内蒙古），昭君嫁匈奴，自当走此路，何以会"一上玉关道"呢？玉关，即玉门关，在今甘肃敦煌西，与西域相通，走此路者，当是汉武帝时嫁给乌孙王的宗室女江都（刘细君）、解忧二公主。诗人一失手，便谬以千里。试再看章碣的《焚书坑》诗：

竹帛烟销帝业虚，关河空锁祖龙居。
坑灰未冷山东乱，刘项原来不读书。

秦始皇的焚书是在各地进行的，坑儒则只在咸阳。不知何故，后来在骊山下冒出一处所谓的“焚书坑”古迹（坑是掘来活埋儒生而不是烧书的）。诗人因对历史未加细考，所以有“坑灰未冷”之误。如果说章碣的以讹传讹还情有可原（姑且认为有个焚书坑），那么杨亿《始皇》的“儒坑未冷骊山火”诗句，就更令人费解。既知是“儒坑”，则应无火，既然无火，“未冷”又从何谈起？这种错误读者就难以原谅了。

翻新入魔

袁枚曾云："诗贵翻案。"（《随园诗话》）所谓翻案，就是在前人的旧事旧语之上翻出新意。如苏轼的《洗儿》诗云："人皆养子望聪明，我被聪明误一生。惟愿孩儿愚且鲁，无灾无难到公卿。"钱谦益翻案为"坡公养子怕聪明，我为痴呆误一生。还愿生儿狷且巧，钻天蓦地到公卿"（《反东坡洗儿诗》）。这种正题反做、旧意翻新，既开拓了读者的思路，又使读者在审美中获得新奇心理的满足，故清人席佩兰在《论诗绝句》中对此法赞道："清思自觉出新裁，又被前人道过来。却便借他翻转说，居然生面别能开。"

尽管翻案是一种取巧和讨好读者的方法，但并非就可随意出奇立异，若故唱反调以标新，故发怪谈以取宠，势必弄巧成拙，翻新入魔。在这方面，不少诗歌作品为我们留下了经验教训。试看下面两段论述：

子美曰："明年此会知谁健，醉把茱萸仔细看。"刘

浚曰："不用茱萸仔细看，管取明年各强健。"太拙而无意味。（谢榛《四溟诗话》）

乐天翻子美"斫却月中桂，清光应更多"，为"月中幸有闲田地，何不中央种两株"，亦犹刍狗之再梦也。（贺裳《载酒园诗话》）

刘浚与白居易的翻案，没翻出新的趣味或意境，遂至欲新反呆，点金成铁，因而受到了后人的批评。王安石的《钟山即事》亦如是。诗云：

涧水无声绕竹流，竹西花草弄春柔。
茅檐相对坐终日，一鸟不鸣山更幽。

"鸟鸣山更幽"，是大家熟知的王籍《入若耶溪》诗的名句，其妙就妙在以动写静，正如钱锺书先生所说："寂静之幽深者，每以得声音衬托而愈觉其深。"（《管锥编》）王安石在此诗中却翻为"一鸟不鸣山更幽"，动中之静成为静中之静，所以被顾嗣立指责为"直是死句矣"（《寒厅诗话》）。

赵翼曾指出："杜牧之作诗，恐流于平弱，故措词必拗峭，立意必奇辟，多作翻案语，无一平正者。"（《瓯北诗话》）说杜牧翻案语"无一平正者"，未免过激，然其诗常故唱反调以标新，故发怪谈以取宠则是事实。试看两首作品：

胜败兵家事不期，包羞忍耻是男儿。

江东子弟多才俊，卷土重来未可知。

（《题乌江亭》）

吕氏强梁嗣子柔，我于天性岂恩仇！

南军不袒左边袖，四老安刘是灭刘。

（《题商山四皓庙一绝》）

这两首诗都是取旧事而反其意用之。初读之，似炫人耳目；细辨来，便觉其非是。第一首所写乌江亭乃项羽自刎处。项羽的失败在刚愎自用、失去人心，但他至死不悟，只归咎于“时不利”，因此他败亡后即便回到江东，亦无人会随其卷土重来。此诗不管当时客观事实，徒作异论，这自然难以教人心服。第二首所写“四皓”乃秦汉之际的四个隐士。刘邦欲废太子，太子赖四皓辅佐，得以不废，终成汉惠帝。所以自《史记》起，“四老安刘”一直为人们所赞颂，如白居易的“卧逃秦乱起安刘”（《题商山四皓庙一绝》）；许浑的“避秦安汉出蓝关”（《题四皓庙二首》）；司空图的“四翁识势保安闲，须为生灵暂出山”（《漫书五首》）；等等。杜牧于此诗却提出所谓“四老安刘是灭刘”的观点，尽管见解颇新，但失情失理，如此翻案，真是求新入魔，难怪胡仔要批评他“好异而叛于理”（《苕溪渔隐丛话》）。

理不可究

写诗的最基本的要求之一，就是应该熟悉生活与深明事理，不然就会于无意间在作品中留下种种谬误。如宋人有这样两句诗："袖中谏草朝天去，头上宫花侍宴归。"进谏必以章疏，哪个臣子有如此之胆，竟带着谏章的草稿去呈递给皇上？这显然是不知朝廷者言。因此欧阳修在《六一诗话》中批评它"理有不通"。

刘熙载曾指出："论事叙事，皆以穷尽事理为先。事理尽后，斯可再讲笔法。"（《艺概·文概》）虽是论文，诗亦如此。欲"穷尽事理"，当有两条途径：一是切身感受，二是积学酌理。失此两条，难免就要出错。试看杜甫的《寄杨五桂州谭》诗：

五岭皆炎热，宜人独桂林。
梅花万里外，雪片一冬深。
闻此宽相忆，为邦复好音。
江边送孙楚，远附白头吟。

这是怀念桂林友人之作。由于诗人从未到过桂林，下笔前亦未对桂林作一番深入的了解，所以诗中所写，理殊不可究。一是桂林地处亚热带，夏季长而炎热，气候并不宜人，而诗人却写“宜人独桂林”。二是广西四周山岭绵延，中部平原广布，冬季北方寒流很难入侵，下雪乃是偶然，而诗人却写“雪片一冬深”。三是桂林以桂花著称，而诗人却落笔于“梅花”。妄想揣测，何可成诗？难怪王夫之要说：“身之所历，目之所见，是铁门限。”（《姜斋诗话》）

对于大部分诗人来说，他们是具有丰富的甚至广博的生活知识的，真正不明事理的情况毕竟少见。我们发现，理不可究之作的产生，通常不在诗人不明事理，而是他们任手写去，竟不思量。《王直方诗话》就有一则有趣的记载，说是王祈去求见苏轼，自夸云：“有《竹诗》二句，最为得意。”因诵曰：“叶垂千口剑，干耸万条枪。”苏轼笑曰：“好则极好，则是十条竹竿，一个叶儿也。”事后东坡风趣地对人说：“世间事忍笑为易，惟读王祈大夫诗不笑为难。”竹子遍地丛生，王祈不会没见过，“十竿一叶”之谬，显然是他为求对仗工整而忽略诗意的结果。类似的情况颇有一些，试看王建的《山居》诗：

屋在瀑泉西，茅檐下有溪。
闭门留野鹿，分食与山鸡。
桂熟长收子，兰生不作畦。

初开洞中路，深处转松梯。

诗人写野鹿、山鸡，颇添山居之趣，亦显诗人之悠闲。但既是野鹿、山鸡，又何能驯狎如此？可谓诗理全无。又如王禹偁的《春日杂兴》诗：

两株桃杏映篱斜，妆点商州副使家。
何事春风容不得，和莺吹折数枝花。

这首诗的后两句因与杜甫《绝句漫兴九首》之二的“恰似春风相欺得，夜来吹折数枝花”相近，故诗人颇自负，曾云：“吾诗精诣，遂能暗合子美。”（见《蔡宽夫诗话》）然哪有花枝吹折，莺不飞去，和花同坠之理？所以陆游指出：“语虽极工，然大风折树而莺犹不去，于理未通，当更求之。”（《老学庵笔记》）

妆点过甚

诗歌在表情达意中如果都是平平直直、实实在在地写，势必让人索然寡味，因此有时需要运用妆点手法来增强作品的艺术感染力。妆点者，点示人物情致，烘托环境气氛也。如沈佺期《古意呈乔补阙知之》诗的开端“卢家少妇郁金堂，海燕双栖玳瑁梁”，以“郁金堂”“玳瑁梁”攒染设色，被沈德潜赞为“色泽情韵俱高”(《说诗晬语》)。当然妆点描画，宜在合度，一味敷抹，只会适得其反。试看罗隐《桃花》诗：

暖触衣襟漠漠香，间梅遮柳不胜芳。
数枝艳拂文君酒，半里红攲宋玉墙。
尽日无人疑怅望，有时经雨乍凄凉。
旧山山下还如此，回首东风一断肠。

诗的第二联写桃花或低拂酒卮，或高倚墙头，句中“艳拂”“红皷”描画已佳，然作者犹感不足，又因酒而引“文君”妆点，因墙而引“宋玉”妆点。这两个故事与诗人所咏桃花并无丝毫的联系，强作妆点，转成涂饰，故读来反觉无味。

诗歌作品中，妆点过甚一般有两种情况，即横生枝节与重叠堆砌。两者的病症都在不凭内质，全恃外饰，故虽有色泽，却如寻常脂粉。先看横生枝节。如李商隐的《武侯庙古柏》诗：

蜀相阶前柏，龙蛇捧阏宫。
阴成外江畔，老向惠陵东。
大树思冯异，甘棠忆召公。
叶凋湘燕雨，枝拆海鹏风。
玉垒经纶远，金刀历数终。
谁将出师表，一为问昭融。

纪昀在称此诗“风格老重”的同时，又指出：“惟‘湘夜雨’‘海鹏风’事外添出，毫无取义，昆体之可厌在此等。”（《瀛奎律髓刊误》）咏武侯而出“湘夜”“海鹏”二语，义无所取，只是为采摭字面鲜丽好看耳，所以遭到纪昀的批评。又如唐诗僧灵一的《静林寺》诗：

静林溪路远，萧帝有遗踪。

水击罗浮磬，山鸣于阗钟。

灯传三世火，树老万株松。

无数烟霞色，空闻昔卧龙。

第三句于“磬”字前冠以“罗浮”，第四句于“钟”字前冠以“于阗”，亦是事外添出，语无着落。再看重叠堆砌，如杜甫的《湘夫人祠》诗：

肃肃湘妃庙，空墙碧水春。

虫书玉佩藓，燕舞翠帷尘。

晚泊登汀树，微香惜渚蘋。

苍梧恨不尽，染泪在丛筠。

杨伦《杜诗镜铨》引黄白山云：“三四本属荒凉，语转浓丽，亦义山之祖。”批评得颇为婉转。纪昀则直截了当地指出：“三四终是叠砌，不可为法。”（《瀛奎律髓刊误》）又如许浑的《恩德寺》诗：

楼台横复重，犹在半岩空。

萝洞浅深水，竹廊高下风。

晴山疏雨后，秋树断云中。

未尽平生意，孤帆又向东。

萝洞之水，竹廊之风，晴山疏雨，秋树断云，二联之中，景物叠砌如此，实费妆点。还是清人厉志说得好："诗家之设色，要如稚子以丹砂饲络纬，身体本青色，渐变为朱色，其光采晶晶然从皮肉内发越于外，不是向外面涂抹上去，方是真色。"（《白华山人诗说》）

起手率易

关于诗的开端，吴沆云："首句要如鲸鲵拨浪，一击之间，便知其有千里之势。"（《环溪诗话》）杨载云："破题要突兀高远，如狂风卷浪，势欲滔天。"（《诗法家数》）谢榛云："凡起句当如爆竹，骤响易彻。"（《四溟诗话》）施补华云："起处须有崚嶒之势。"（《岘佣说诗》）各家所论有个共同之处，即要求起手能出人意表。从创作而言，这一点不是很容易做得到的，同时也没有理由要求每首诗的发端都须达到令人惊绝的艺术效果。古人作这些论述的真正目的在于提醒我们，对诗的发端要刻意经营而不可草率为之，因为确有不少诗人常常缺乏这方面的意识。试看李远的《听人话丛台》诗：

有客新从赵地回，自言曾上古丛台。
云遮襄国天边去，树绕漳河地里来。
弦管变成山鸟哢，绮罗留作野花开。
金舆玉辇无行迹，风雨惟知长绿苔。

这是一首很不错的律诗。一二句是题来之脉，次联描绘此台之高与形势之胜，转落后半，极俯仰凭吊之致。然而令我们感到美中不足的是诗开端二句太伤率易，毫无诗味可言。再看赵师秀的《桃花寺》诗：

旧有桃花树，人呼寺故云。
石幽秋鹭上，滩远夜僧闻。
汲井连黄叶，登台散白云。
烧丹勾漏令，无处不逢君。

不难看出，后六句精致，前二句率易。真不知诗人用力何以前后如此不同。这样的开端要引导读者往下读完全篇，自然是相当困难的。

起手率易有时倒不关诗句之本身，而是因为不能与诗体相称。如梅尧臣的《送李殿丞通判蜀州赋海棠》诗：

尝闻蜀国海棠盛，因送李侯宜有诗。
日爱西湖照宫锦，醉看春雨洗胭脂。
郡无公事中园乐，民喜群邀匝树窥。
望帝鸟声空有血，相如人恨不同时。
最鲜深浅非由染，解赋才华未得知。
闻说赵昌今已老，试教图画两三枝。

这是首排律。胡应麟曾云："凡排律起句，极宜冠裳雄浑，不得作小家语。"（《诗薮》）此诗起手二句便有些"小家语"味，若用在其他诗体之首，也无不可，而此处用作排律发端，就未免显得浅滑，所以被纪昀责为"起手太率"（《瀛奎律髓刊误》）。又如杜甫的《题李尊师松树障子歌》：

老夫清晨梳白头，玄都道士来相访。
握发呼儿延入户，手提新画青松障。
障子松林静杳冥，凭轩忽若无丹青。
阴崖却承霜雪干，偃盖反走虬龙形。
老夫平生好奇古，对此兴与精灵聚。
已知仙客意相亲，更觉良工心独苦。
松下丈人巾屦同，偶坐似是商山翁。
怅望聊歌紫芝曲，时危惨澹来悲风。

沈德潜在《唐诗别裁》中批评前二句"平调亦近率笔"。对七言古诗来说，以平调起头，须以警语作补救，如杜甫《戏为双松图歌》的发端"天下几人画古松，毕宏已老韦偃少"，也只是平调，然接上"绝笔长风起纤末，满堂动色嗟神妙"二句，在文字的肌理中，便涌出一股力量来。而此诗起二句平平，接二句亦平平，从整首诗来说，这样的开端就太率易了，无法与诗体相称。

体物不亲

诗之写景状物，有时仅仅靠观察并不够，还得作一番设身处境的体验。这是因为诗歌创作不可能都像写生一般，面对眼前所见，常常是据往迹，按陈编。往迹、陈编尽管包含着自己或他人正确的观察实践，但在作眼前景物的描绘刻画之用时，倘不进行一番设身局中，潜心腔内，忖之度之，以揣以摩的体验，依然会导致形貌之失、事理之误。试看王安石的《岁晚》诗：

月映林塘澹，风含笑语凉。
俯窥怜绿净，小立伫幽香。
携幼寻新药，扶衰坐野航。
延缘久未已，岁晚惜流光。

“岁晚”即“晚岁”之意，谓年老，但所写皆秋景而非冬景。据《漫叟诗话》载，作者自认为此诗可比谢灵运，“议者亦以为然”，实际却是琢句虽工而体物不亲。诗以“月”字领起全篇，而第三句“俯窥怜绿净”并不是夜间情景。试想，夜色中的池塘之“绿净”，何以能“俯窥”得见？即使月光再明亮，亦不会“映”出池塘水的绿色来。这显然是诗人将往日所见之景用作眼前所睹时，未能作一番设身处境的体验所致。我们在《情辞乖违》一文中曾谈到的方干的《山中言事》一诗，此诗亦有这个问题。诗如下：

日与村家事渐同，烧松啜茗学邻翁。
池塘月撼芙蕖浪，窗户凉生薜荔风。
书幌昼昏岚气里，巢枝夜折雪声中。
山阴钓叟无知己，窥镜挦多鬓欲空。

中间二联写了山中不同季节的景物，故非实录当前所见。其中“池塘月撼芙蕖浪”句明显不符实情，既然是“池塘”，何以能翻滚芙蕖之“浪”？这在事理上讲不通，看来诗人是将他处所获之印象，作为山中池塘之景来表现了。亚里士多德在《诗学》中曾言：“虽不实然，而或当然。”这是说，诗人之所写可不是情事，但须入情理。如果方干在下笔之前能对所写之景作一番设身处境的体验，就不会有此过失了。

体物不亲，有时倒不是诗人没作设身处境的体验，而是这种体验不够准确。试看尤袤的《海棠盛开》诗：

两株芳蕊傍池阴，一笑嫣然抵万金。
火齐照林光灼灼，彤霞射水影沉沉。
晓妆无力燕支重，春醉方酣酒晕深。
定自格高难着句，不应工部总无心。

海棠花素以娇美著称，被誉为“花中神仙”。前人形容海棠“其花甚丰，其叶甚茂，其枝甚柔，望之绰绰如处女”(王象晋《群芳谱》)。这首咏海棠诗，前六句着意于秾丽娇娆的丰姿神采的刻画，突出了盛开海棠的形态之美；后二句写道：不是杜甫无心咏海棠，而是海棠格高令其难以下笔。杜甫在蜀多年，无咏海棠诗，尤袤将此归为海棠“难着句”，亦不碍理，然以“格”称海棠，就不符物之本性了。从诗人自己所咏之句看，海棠是以韵胜而非格胜，这表明诗人观物虽无失，而体物却未到位。刘勰曾云：“吟咏所发，志惟深远，体物为妙，功在密附。”(《文心雕龙·物色》) 所谓“密附”，就是指体物而能贴切事物的情状。

气含蔬笋

僧徒食素，菜谱以蔬笋、酸馅为主，故人们常常以“蔬笋气”或“酸馅气”来讥讽僧诗所特有的一种腔调和习气。如苏轼《赠诗僧道通》诗云：“语带烟霞从古少，气含蔬笋到公无。”其在后一句自注道：“谓无酸馅气也。”又如宋人朱弁在《风月堂诗话》中评参寥诗云：“参寥在诗僧中独无蔬笋气，又善议论。”

“蔬笋气”或“酸馅气”的具体表现是什么呢？从古人对僧诗的批评嘲讽来看，其主要表现在两个方面：一是寒，二是俭。

先说寒。寒者，清寒也，指的是意境过于凄冷，缺之人世生活的气息，正如贺贻孙所谓“枯木寒岩，全无暖气”（《诗筏》）。试看释祖可的《天台山中偶题》诗：

伛步入萝径，绵延趣最深。
僧居不知处，仿佛清磬音。
石梁邀屡度，始见青松林。

谷口未斜日，数峰生夕阴。

凄风薄乔木，万窍作龙吟。

摩挲绿苔石，书此慰幽寻。

柳宗元的《小石潭记》有这样一段记述："坐潭上，四面竹树环合，寂寥无人，凄神寒骨，悄怆幽邃。以其境过清，不可久居，乃记之而去。"此诗所呈现的正是这种清寒的意境，故也同样令人难以沉浸于其中。所以陈善在评释祖可诗时有云："其清足以仙，其寒亦足以死者也。"(《扪虱新话》)

再说俭。俭者，贫乏也，指的是题材过于狭窄，缺乏广泛深刻的社会生活内容。欧阳修在《六一诗话》中谈到的一件事，颇可说明这一点：

国朝浮图，以诗名于世者九人，故时有集号《九僧诗》，今不复传矣。余少时闻人多称之。其一曰惠崇，余八人者，忘其名字也。……当时有进士许洞者，善为词章，俊逸之士也。因会诸诗僧分题，出一纸，约曰："不得犯此一字。"其字乃山、水、风、云、竹、石、花、草、雪、霜、星、月、禽、鸟之类，于是诸僧皆搁笔。

由此可见，除了自然景物的题材外，要表现其他方面的内容，诗僧们就感到困难了。

其实，“蔬笋气”不独为僧诗所特有，文人诗亦有之，只是不太普遍罢了。如苏轼评司空图“棋声花院闭，幡影石坛高”两句诗说：“吾尝游五老峰，入白鹤观，松阴满地，不见一人，惟闻棋声，然后知此句之工也，但恨其寒俭有僧态。”（《书司空图诗》）文人诗中的“僧态”不仅仅是“寒俭”一种，比较常见的还有“寒酸”。寒酸，主要是在写富贵中流露出的一种词气。宋人吴处厚的《青箱杂记》对此有记载：

> 晏元献公虽起田里，而文章富贵，出于天然。尝览李庆孙《富贵曲》云：“轴装曲谱金书字，树记花名玉篆牌。”公曰：“此乃乞儿相，未尝谙富贵者。”故公每咏富贵，不言金玉锦绣，而唯说其气象。若“楼台侧畔杨花过，帘幕中间燕子飞”“梨花院落溶溶月，柳絮池塘淡淡风”之类是也。故公自以此句语人曰：“穷儿家有这般景致也无？”

有富贵者不在用金玉锦绣字，正如有神味者不在用菩提般若等字，有仙意者不在用金丹瑶草等字。晏诗就气象写，故显富贵态，李诗就器物写，反露寒酸相。这正像鲁迅先生所嘲讽的：“穷措大想做富贵诗，多用些‘金’‘玉’‘锦’‘绮’字面，自以为豪华，而不知适见其寒蠢。”（《革命文学》）

句意游离

刘勰《文心雕龙》专设《附会》篇，论述辞句的安排如何同题意紧密配合的问题。他指出："何谓附会？谓总文理，统首尾，定与夺，合涯际，弥纶一篇，使杂而不越者也。"意思是说，要根据内容的情意来确定纲领，作出取舍，安排段落，组成完整篇章，从而使内容虽繁多而不混乱。诗歌创作中，句意游离毛病的产生，往往就因忽视了这条原则。如曹操的《短歌行》：

对酒当歌，人生几何？
譬如朝露，去日苦多。
慨当以慷，忧思难忘。
何以解忧？唯有杜康。
青青子衿，悠悠我心。
但为君故，沉吟至今。
呦呦鹿鸣，食野之苹。

我有嘉宾，鼓瑟吹笙。

明明如月，何时可掇。

忧从中来，不可断绝。

越陌度阡，枉用相存。

契阔谈宴，心念旧恩。

月明星稀，乌鹊南飞。

绕树三匝，无枝可依。

山不厌高，海不厌深。

周公吐哺，天下归心。

读完全篇，便觉“呦呦鹿鸣”四句游离于诗情。前此“青青子衿”四句，表达对贤士深切的思慕；后此“明明如月”四句，抒发对贤士可望而不可即的苦闷，而“呦呦鹿鸣”四句的插入，反使本来明了连贯的诗意，令人有不知所云之感。或曰此非作者随便引他意入来捏合成章，而是借用《诗经》成句表示自己能与贤士同乐。但是将这一内容放置在“明明如月，何时可掇。忧从中来，不可断绝”之前，不是多余吗？既然贤士还未得，何有与之欢宴之理？事实上古人已看到这个问题，故有些本子将此四句移到“明明如月”四句之后（如《宋书·乐志》《诗比兴笺》）。但结尾的“周公吐哺”已包含了善待贤士之意，所以这四句完全可删。

也许有人会说，曹操此诗毕竟是诗歌史的早期作品，后代诗人就很少会有这样的失误。果真如此吗？试看李白《南陵别儿童入京》诗：

白酒新熟山中归，黄鸡啄黍秋正肥。
呼童烹鸡酌白酒，儿女嬉笑牵人衣。
高歌取醉欲自慰，起舞落日争光辉。
游说万乘苦不早，著鞭跨马涉远道。
会稽愚妇轻买臣，余亦辞家西入秦。
仰天大笑出门去，我辈岂是蓬蒿人。

这是李白于天宝元年（742）闻玄宗下诏征己入京而作。诗中烹鸡酌酒、高歌起舞、著鞭跨马、仰天大笑等描写，全是围绕即将仕宦京都的狂喜之情而展开。然细细味来，觉“会稽愚妇轻买臣”句意无所属。汉朱买臣早年家贫，靠卖柴度日，妻子嫌其贫而离去。后买臣得武帝重用，当上了会稽太守。李白是借这一典故讽刺妻子势利吗？当然不可能。从其作于稍后的《别内赴征三首》可知，他们伉俪之情颇深。显然，这是诗人当时兴奋异常而忘乎所以，也不顾句意与诗情是否和谐了。这在任何创作中都当引以为戒。

乱倒字句

李东阳曾云："诗用倒字倒句法，乃觉劲健。"（《麓堂诗话》）确实，颠倒诗中文字的次第或文句的次第，往往能增加笔力，强化声势。然而，也正是由于倒字倒句有此功效，致使一些诗人不求在立意上下功夫，只想在文字上弄花巧。刘勰在《文心雕龙·定势》中，就曾对当时文坛这种不良的风气予以批评：

> 自近代辞人，率好诡巧，原其为体，讹势所变。厌黩旧式，故穿凿取新。察其讹意，似难而实无他术也，反正而已。故文反正为乏，辞反正为奇。效奇之法，必颠倒文句，上字而抑下，中辞而出外，回互不常，则新色耳。

刘勰之后，此种"逐奇而失正"之习并未得到克服，还影响到了后世诗坛，试看杜甫的《秋兴八首》之八：

昆吾御宿自逶迤，紫阁峰阴入渼陂。
香稻啄残鹦鹉粒，碧梧栖老凤凰枝。
佳人拾翠春相问，仙侣同舟晚更移。
彩笔昔曾干气象，白头今望苦低垂。
（“香稻”句一作“红豆啄余鹦鹉粟”）

诗的第二联采用的是倒句法，按正常语序当为“鹦鹉啄残香稻粒，凤凰栖老碧梧枝”。刘师培对此并没盲目推崇，他指出：“夫鹦鹉、凤凰，皆系主词，豆、粟、梧、枝，皆系所谓词，而杜氏必欲倒其词以自矜研炼，此非嗜奇之失乎？”（《论文杂记》）他还说：夫今日所以不敢议杜甫者，以其名高也。若初学作文之人，造语与杜同，必斥之为文理不通矣。刘氏所论，合情合理，因为杜诗此联，语反而不见佳处，虽不倒亦可。清人钱载《晓趋草凉驿》诗中的倒句更令人感到不可思议：

相送莫相别，我行凤县之。
……
峰前路去有，坞后水来知。

将“之凤县”说成“凤县之”，将“有路去”说成“路去有”，将“知水来”说成“水来知”，如此胡乱颠倒，真是弄巧反拙。

在诗歌创作中，倒字比倒句更容易产生弊端，因为就倒句而言，只要诗句精警，倒装便是可取的，如“黄河流入海”自能写成“黄河入海流”；而倒字则要多受到一层约定俗成的规范限制，下引两段论述：

凡“山河”、“廊庙”之类，颠倒通用。若“天地”不可倒用，倒则为泰卦。曹子建《桂之树行》曰：“下下乃穷极地天。”岂别有见耶？又如“诗酒”、“儿女”，皆两物也，倒则为一矣。（谢榛《四溟诗话》）

诗用连二字有可颠倒互换者，有不可颠倒互换者。如“云烟”可作“烟云”，“山河”可作“河山”之类，此可以互换者也。“云霞”即不可作“霞云”，“山川”即不可作“川山”，此不可互换者。总以昔人用过适于上口者为顺耳。（毛先舒《诗辩坻》）

可见，哪些字可以颠倒使用，哪些字不可颠倒使用，没什么特别的原因或理由，按习惯用法而定。一旦违反了习惯，就会留下笑柄。如翁卷《宿郧子寨下》：“秋至昏星易，空长楚月孤。”将“长空”倒为“空长”，虽无碍理解，但总给人拗逆不顺之感。又如黄庭坚《怀半山老人》：“啜羹不如放麑，乐羊终愧巴西。”句中用了“乐羊啜羹”与“秦西巴放麑”两个典故，然诗人将“西巴”倒装为“巴西”，实在过于随意，有违常情，令人可笑。

领脉过远

林纾在论文章的起笔时曾指出:“领脉不宜过远，远则入题时煞费周章。”(《春觉斋论文》)这个问题不仅仅是作文所应该要注意的，作诗也得加以防范，因为诗歌篇幅短小，更不能允许发端不切题目。明代王文禄在《诗的》中就已有过这方面的论述:

诗题必首句或第二句承出，方见题目。如杜《题蜀相祠》律诗首句曰:“丞相祠堂何处寻?”次曰:“锦官城外柏森森。”此二句犹时文之破题、承题，则蜀相祠方明白也。若前联第三四句及后联第五六句指出题目，则偏矣。何大复《吕公祠》律诗首句曰:“落日荡漾古水滨，邯郸城边逢暮春。”前联曰:“越王台榭草花尽，吕公祠堂松桂新。”题乃《吕公祠》，非越王台也，今以“越王台”对“吕公祠”，非题意也，不特偏且虚矣。

何大复的《吕公祠》诗，直到第四句才破题。王文禄所谓的“偏”，就是责其领脉过远，有失大体。清代况周颐在《蕙风词话》中也曾指出：

> 近人作词，起处多用景语虚引，往往第二韵方约略到题。此非法也。起处不宜泛写景，宜实不宜虚，便当笼罩全阕，他题便挪移不得。

词与诗同，第二韵才到题亦已是领脉过远，所以况周颐认为“此非法也”。下面我们不妨看两个诗例。先看潘岳的《为贾谧作赠陆机》诗：

> 肇自初创，二仪絪缊。
> 粤有生民，伏羲始君。
> 结绳阐化，八象成文。
> 茫茫九有，区域以分。
>
> 神农更王，轩辕承纪。
> 画野离疆，爰封众子。
> 夏殷既袭，宗周继祀。
> 绵绵瓜瓞，六国互峙。

强秦兼并，吞灭四隅。
子婴面榇，汉祖膺图。
灵献微弱，在涅则渝。
三雄鼎足，孙启南吴。

南吴伊何，僭号称王。
大晋统天，仁风遐扬。
伪孙衔璧，奉土归疆。
婉婉长离，凌江而翔。

长离云谁，咨尔陆生。
鹤鸣九皋，犹载厥声。
况乃海隅，播名上京。
爰应旌招，抚翼宰庭。

这是一篇组诗，共有十一章，因限于篇幅，此处只引前五章。昭明太子萧统将此诗选入了《文选》中，看来他对此作还是颇欣赏的。其实，这首诗有个相当明显的毛病，那就是领脉过远。作者竟然从“肇自初创，二仪絪缊”一直写到“大晋统天，仁风遐扬。伪孙衔璧，奉土归疆”之后，才引出陆机来，这段历史概述，足足占去了全诗三分之一的篇幅，真不知铺叙这些历史内容有何必要，也不知昭明何以对此视而不见。再看唐人项斯的《边州客舍》诗：

闭门不成出，麦色遍前坡。
自小诗名在，如今白发多。
经年无越信，终日厌蕃歌。
近寺居僧少，春来亦懒过。

以前四句为引端，至第六句“厌蕃歌”方才明题，这对全篇只八句的律诗来说，领脉未免太远了。方回以为只第六句就足以“唤醒一篇精神”（《瀛奎律髓》），但正如纪昀所指出的：“至第六句方点醒，究竟前四句太泛，不必曲为之词。”（《瀛奎律髓刊误》）

对偶板滞

初学作诗之人，为了求得对偶的工整，要花费许多锻炼的功夫，桃红对柳绿，白水对青山，总算匀称妥帖，然而这还只是学诗的初阶，稍有进境，便有所谓“对偶不切失之粗，对偶太切失之俗”的说法。“对偶不切失之粗”，这话不难理解，“对偶太切失之俗”，如何来解释呢？曹雪芹在《红楼梦》中借林黛玉之口对陆游诗的批评，倒颇有助于我们的认识。《红楼梦》第四十八回写香菱因爱陆游“重帘不卷留香久，古砚微凹聚墨多”一联，受到黛玉的批评：“断不可看这样的诗。你们因不知诗，所以见了这浅近的就爱；一入了这个格局，再学不出来的。”陆游这一联，给人明显的感觉是有意在凑对子，虽不失为工切，但琐屑纤巧，流于小家数。所以“对偶太切失之俗”之说，并不是要诗人放弃对偶的工整，而是向他们提出更高的艺术要求，即刘勰所谓的“丽句与深采并流，偶意共逸韵俱发”（《文心雕龙·丽辞》）。

律诗由于中间二联要求对仗，因此避板滞、求逸韵就显得尤为重要。避板滞首先就得避强凑成对，而这一点正是不少诗人在创作中不能做到的。试看李群玉的《登蒲涧寺后二岩三首》之一：

五仙骑五羊，何代降兹乡。
涧有尧时韭，山余禹日粮。
楼台笼海色，草树发天香。
浩笑烟波里，浮溟兴甚长。

诗的第三句“涧有尧时韭”与第四句“山余禹日粮”相对，不能说不工切，但也直拙得毫无意味可言，简直沦为一对对词语的机械排列。陈师道的《寄潭州张芸叟二首》之一亦犯此病：

湖岭一都会，西南更上游。
秋盘堆鸭脚，春味荐猫头。
宣室来何暮，蒸池得借留。
熟知为郡乐，莫作越乡忧。

问题也同样出在第二联，“鸭脚”对“猫头”，显然是在强对，工则工矣，却意苦牵强，流于板滞。

避板滞，其次得避排偶伤气。所谓排偶伤气，是指偶句中缺乏一种流动的神态。释惠洪在《冷斋夜话》中指出“一千里色中秋月，十万军声半夜潮”；“蝴蝶梦中家万里，子规枝上月三更”；

“深秋帘幕千家雨，落日楼台一笛风”诸联“初如秀整，熟视无神气”，就是从这一批评角度入手的。黄白山也曾指出：“晚唐对仗工而反俗者甚多，如‘万卷祖龙坑外物，一泓孙楚耳中泉’，‘烟横博望乘槎水，日上文王避雨陵’，‘数枝艳拂文君酒，半里红攲宋玉墙’。”（《载酒园诗话》引）他虽没有说明这几例“工而反俗”的原因，但我们也不难看出其神乏而气萎的毛病来。试再看郑綮的一首《老僧》诗：

日照四山雪，老僧门未开。
冻瓶黏柱础，宿火陷炉灰。
童子病归去，鹿麑寒入来。
斋钟知渐近，枝鸟下生台。

中间二联所对，铢两轻重可谓毫发不爽，然语虽对而意不流，形成堆砌，境界全无。对偶之正格，在能句相系属而又透出活泼的意趣、流走的神韵，读来一气贯注，这样自然不会给人以板滞之感矣。

夹杂他韵

近体诗的用韵必须一韵到底，不能出现一个以上的韵。比如用“阳”字韵，全首诗的韵脚，都应该是阳韵以内的字，如果中间夹杂江韵的字，那就叫作出韵或落韵。《红楼梦》第四十八回写道，香菱求黛玉教她作诗，黛玉要她写一首咏月诗，规定用“十四寒”的韵。香菱连作两次，黛玉都不满意，要她另作。于是香菱又挖心搜胆、耳不旁听、目不别视地思索起来。这时探春见了她那入魔样，笑说道：“菱姑娘，你闲闲罢。”香菱怔怔答道：“‘闲’字是‘十五删’的，错了韵了。”由此可见，出韵乃是诗家之大忌。

不让诗出韵很容易，只要按韵书用韵就可。唐代近体诗的押韵以《唐韵》为准。《唐韵》共有二百零六个韵，若把同用之韵并合，实际只有一百一十二个韵。宋代改《唐韵》为《广韵》，又并合了四个韵。金代的《平水韵》再将《广韵》所不同用的“回”和“拯”韵、“径”和“证”韵各并为一部，于是便形成了所谓的一百零六韵，沿用至今。现成的韵书，解决了诗人用韵时的麻烦，但若诗人掉以轻心或记忆有误，仍会有出韵者。先看两首唐人的诗：

曾作关中客，频经伏毒岩。
晴烟沙苑树，晚日渭川帆。
昔是青春貌，今悲白雪髯。
郡楼空一望，含意卷高帘。
（刘禹锡《贞元中侍郎舅氏牧华州……》）

汉家天马出蒲梢，苜蓿榴花遍近郊。
内苑只知含凤觜，属车无复插鸡翘。
玉桃偷得怜方朔，金屋修成贮阿娇。
谁料苏卿老归国，茂陵松柏雨萧萧。
（李商隐《茂陵》）

前一首“岩”“帆”二字属咸韵，而“髯”“帘”二字则属盐韵；后一首“郊”字属肴韵，而“翘”“娇”“萧”则属萧韵，显然都是误押。再看两首宋人的诗：

绕郭云烟匝几重，昔人曾此感怀嵩。
霜林落后山争出，野菊开时酒正浓。
解带西风飘画角，倚阑斜日照青松。

会须乘醉携嘉客，踏雪来看群玉峰。

（欧阳修《怀嵩楼新开南轩》）

微官共有田园兴，老罢方寻隐退庐。

栽种成阴十年事，仓黄求买百金无。

先生卜筑临清济，乔木如今似画图。

邻里亦知偏爱竹，春来相与护龙雏。

（苏轼《傅尧俞济源草堂》）

欧诗在“重”“浓”“松”“峰”四个皆属冬韵的字中夹杂了属东韵的“嵩”字；苏诗在“无”“图”“雏”三个皆属虞韵的字中夹杂了属鱼韵的“庐”字，所以二诗都不好评及格。试再看裴虔馀的一首《柳枝词咏篙水溅妓衣》绝句：

满额鹅黄金缕衣，翠翘浮动玉钗垂。

从教水溅罗襦湿，疑是巫山行雨归。

“垂”字在支韵，“归”字在微韵，二者是不可同押的。

必须说明的是，本文所谈不包括首句用韵的情况在内。近体诗的首句有时也用韵，由于这韵脚是多余的，故诗人往往从这多余的韵脚上讨取些自由，这便有了借用邻韵的办法。所谓邻韵，乃指排列相近而音又相似的韵，如东韵与冬韵、鱼韵与虞韵、佳韵与灰韵等。试看王安石的《悟真院》诗：

野水纵横漱屋除，午窗残梦鸟相呼。
春风日日吹香草，山北山南路欲无。

此诗的首句便是用邻韵。这种借韵法到中晚唐之后渐渐形成一种风气。

言语俚俗

诗是一门讲究文字优美雅致、意味隽永含蓄的艺术，但是它也不排斥点缀些俚言俗语，正如谢榛所说："诗忌粗俗字，然用之在人，饰以颜色，不失为佳句。譬诸富家厨中，或得野蔬，以五味调和，而味自别，大异贫家矣。"(《四溟诗话》)杜甫的《春水生二绝》颇具代表性，试看其第二首：

一夜水高二尺强，数日不可更禁当。
南市津头有船卖，无钱即买系篱旁。

此诗乃忧水上涨淹没草堂而作。罗大经曾评论说："少陵诗有全篇用常俗语而不害其为超脱，如此章是也。"(《杜诗详注》引)确实，此诗用语虽俚直，但放荡自然，足洗凡俗，我们读来能感受到有一股清新活泼的生活气息。这也说明以俚俗语点化入诗句，并不伤雅。不过有些批评家对此则持坚决反对的态度，如朱熹要求诗人“胸中不可着一字世俗言语”(《诗人玉屑》引);清人冒春荣也要求诗人“用字最宜斟酌,俚字不可用”(《葚原诗说》)。其原因,恐怕与许多作品以俚语入诗但却陷于语言粗俗流便、格调鄙俚低下有关。试看寒山的两首诗:

东家一老婆,富来三五年。
昔日贫于我,今笑我无钱。
渠笑我在后,我笑渠在前。
相笑傥不止,东边复西边。
(《东家一老婆》)

老翁娶少妇,发白妇不耐。
老婆嫁少夫,面黄夫不爱。
老翁娶老婆,一一无弃背。
少妇嫁少夫,两两相怜态。
(《老翁娶少妇》)

虽说这两首诗讽刺嘲笑了某种世态人情,但俚直浅薄,近于滑稽,难登大雅之堂。再看黄庭坚的《少年心》词:

对景惹起愁闷。染相思,病成方寸。是阿谁先有意,阿谁薄幸。斗顿恁,少喜多嗔。　　合下休传音

问。你有我，我无你分。似合欢桃核，真堪人恨。心儿
里，有两个人人。

此词表现一对情人间的既爱又恨的矛盾复杂的心情。这种感情应当说可以写得非常深厚缠绵，然而作者却让一个俗气的小市民操着一口俚语来诉说，使全词流入庸俗，令人感到亵浑不可名状。所以刘熙载批评他以“俚语侮弄世俗，若为金、元曲家滥觞”（《艺概·词曲概》）。

那么，在诗歌创作中如何采入俚俗语而又不伤雅致呢？这就得要有俗中出雅的本领。可以发现，令人感到言语俚俗的作品，总不外两个原因所致，一是缺乏艺术情趣，二是缺乏点化之功。试看卢仝的《村醉》诗：

昨醉黄昏归，连倒三四五。
摩挲青莓苔，嗔我惊著汝。

整首诗虽写得通俗，但毫无雅趣，毫无诗意，不仅显示了诗人缺乏对美的感受，也表明诗人缺乏艺术的点化能力。如“连倒三四五”，成何诗句？分明就是诗人取里巷语入诗而未作修饰润色。所以苏轼告诫说：“街谈市语，皆可入诗，但要人熔化耳。”（《竹坡诗话》引）总之，加强了艺术修养，注意到艺术点化，自能化俗为雅矣。

华而不实

据《东谷赘言》载，宋代诗人蔡佃一次路过姑苏盘门，见水滨有一溺死女子，便写了一首挽诗：

芙蓉零落倩谁收？飘泊孤城野水头。
素手尚笼罗袖薄，清波难掩玉容羞。
芜烟绿暗香魂杳，花雨红添血泪流。
莫向盘关歌此曲，月明风细不胜愁。

我们初见此诗，或会振其华缋，回环诵读两三过后，便索然无味。这就因为全诗除了浓丽富艳的词藻外，看不到诗人发自内心的情感。

诗的华而不实，总在于诗人乏情。本无寄意，就必然要逞工力而为求胜，施藻绘而为炫惑。于是过白皆银，逢香即麝，字月为姊，呼风作姨。或于一物之上必冠以金玉锦绣等字，如盘曰“金盘”，笛曰“玉笛”，帐曰“锦帐”，帘曰“绣帘”，蕊曰“琼蕊”，楼曰“凤楼”。晚唐五代的“花间词”，北宋早期的“昆体诗”，是诗歌史上最集中反映出这种特征的两个流派。试看“花间词”代表作家温庭筠的两首《菩萨蛮》词：

小山重叠金明灭，鬓云欲度香腮雪。懒起画蛾眉，弄妆梳洗迟。　　照花前后镜，花面交相映。新帖绣罗襦，双双金鹧鸪。

水精帘里颇黎枕，暖香惹梦鸳鸯锦。江上柳如烟，雁飞残月天。　　藕丝秋色浅，人胜参差翦。双鬓隔香红，玉钗头上风。

在这两首短短的词中，就有“绣罗襦”“金鹧鸪”“水精帘”“颇黎枕”“香腮”“香红”“暖香”“鸳鸯锦”“玉钗”等色彩浓艳的物象。作者的夸缛斗炫，就是为了掩饰苍白的情感。读这样的作品，只有对华丽的词藻有较强的感受，在情感上得不到任何的感悟与触发。王国维曾指出：“‘画屏金鹧鸪’，飞卿语也，其词品似之。”（《人间词话》）画屏上的金鹧鸪，虽富丽但无生命，这正比喻出了温词艳装浓裹、缺乏情感的特征。再看“昆体诗”代表作家杨亿的《泪》诗：

锦字梭停掩夜机，白头吟苦怨新知。
谁闻陇水回肠后，更听巴猿拭袂时。
汉殿微凉金屋闭，魏宫清晓玉壶欹。
多情不待悲秋气，只是伤春鬓已丝。

西昆体以学李商隐相标榜。从这首诗看，李商隐诗词藻华丽、好用典故的特色是学到了，但却偏偏没有学李商隐的“别有立命安身之处”（纪昀《瀛奎律髓刊误》），所以诗风便流入“缀风月，弄花草，淫巧侈丽，浮华篡组”（石介《怪说》）之中。

“花间词”与“昆体诗”的产生，在当时是有着深刻的社会原因的。就这些作品而言，诗人在创作中也并非没作努力，如温庭筠词善借精美的物象渲染环境氛围，杨亿诗能将典故词藻组织得缜密工巧，但由于作者的深情真气已经失落，这些技巧也就毫无意义可言了。这正如沈德潜所说：“若胸无感触，漫尔抒词，纵办风华，枵然无有。”（《说诗晬语》）

属对偏枯

作为格律要求，律诗的中间二联必须对仗。对仗除了做到字数相等、句型相似之外，还得做到词性相同与词类相对。词性相同指名词对名词、代词对代词、形容词对形容词、副词对副词等；词类相对指天文类词对天文类词、时令类词对时令类词、地理类词对地理类词、草木类词对草木类词等。如孟浩然《过故人庄》诗的颔联“绿树村边合，青山郭外斜”，从词性看，“绿”“青”都是形容词，“树”“山”都是名词，“绿树”“青山”又都是偏正词组，“村边”“郭外”都是名词加方位词，“合”“斜”都是动词。从词类看，“绿”与“青”同属颜色类，“树”与“山”、“村”与“郭”同属地理类。上下句间，对得可谓工切精严。

胡应麟在谈律诗的对仗时指出：“对不属则偏枯。”（《诗薮》）其实，偏枯也不碍成佳联。除去宽对本来就只求词性相同、不求词类相对之外，有时词性上有些出入亦无关大局。如陆游《游山西村》的“山重水复疑无路，柳暗花明又一村”，“山重水复”与

“柳暗花明”对得很工整，而“疑无路”与“又一村”就调配不均，其中“无”是副词，“一”则是数词。但尽管对偶不工，仍不害其为名句。在创作中，当诗人有好的意思而又须打破属对时，往往是宁可偏枯而不愿损伤意境及诗势。王安石就说过这样一个例子：“凡人作诗，不可泥于对属。如欧阳公作《泥滑滑》云：‘画帘阴阴隔宫烛，禁漏杳杳深千门。’‘千’字不可以对‘宫’字，若当时作‘朱门’，虽可以对，而句力便弱耳。”（见《王直方诗话》）

当然，我们绝不能因为有了以上理由而放弃对工整对偶的追求。属对偏枯毕竟是一种美中不足，只要力所能及，就应该予以避免。宋人孙奕在《履斋示儿编》中对杜诗的偏枯之病所作的揭示，颇有助于我们在鉴赏中加以辨别与在创作中加以克服。他说：

诗贵于的对而病于偏枯，虽子美尚有此病。如《重过何氏》曰：“手自栽蒲柳，家才足稻粱。”《寄李白》曰：“稻粱求未足，薏苡谤何频。”《田舍》曰：“榉柳枝枝弱，枇杷树树香。”此以一草木对二草木也。《赠崔评事》曰：“燕王买骏骨，渭老得熊罴。”《得舍弟消息》曰：“浪傳乌鹊喜，深负鹡鸰诗。”《寄高詹事》曰：“天上多鸿雁，池中足鲤鱼。”《寄李白》曰：“几年遭鹏鸟，独泣向麒麟。”又曰：“麒麟不动炉烟转，孔雀徐开扇影还。”此以一鸟兽对二鸟兽也。《秋野》曰：“吾老甘贫病，荣华有是非。”《寄李白》曰：“未负幽栖志，兼全宠辱身。”《偶题》曰：“作者皆殊列，声名岂浪垂。”《上韦左相》曰：“聪明过管辂，尺牍倒陈遵。”是以二字对一意也。《人日》曰：“冰雪莺难至，春寒花较迟。”是以二景物对一景物也。《归雁》曰：“见花辞瘴海，避雪到罗浮。”是以一水对二山也。《月夜》曰：“遥怜小儿女，未解忆长安。”是以二人对一郡也。《上韦左相》曰：“巫咸不可问，邹鲁莫容身。”是以一人对二国也。《赠太常张卿均》曰：“友于皆挺拔，公望各端倪。”是以歇后对正语也。《龙门》曰：“往还时屡改，川水日悠哉。”是以实对虚也。大手笔如老杜则可，然未免为白圭之玷，恐后学不可效尤。

从以上所举诗例看，有不少是出于疏忽，以老杜之才，完全可以避免，所以孙奕认为是“白圭之玷”。

写景泛泛

韩愈的《南山诗》，历来毁誉参半，人们一般以黄庭坚所作的“若论工巧，则《北征》不及《南山》，若书一代之事，以与《国风》《雅》《颂》相为表里，则《北征》不可无，而《南山》虽不作未害也”的评判为持平之论（见范温《潜溪诗眼》）。《南山诗》果真比杜甫的《北征》来得工巧？清人赵翼就不同意这个观点，他指出：“究之山谷所谓工巧，亦未必然。凡诗必须切定题位，方为合作。此诗不过铺排山势及景物之繁富，而以险韵出之，层叠不穷，觉其气力雄厚耳。世间名山甚多，诗中所咏，何处不可移用，而必于南山耶？而谓之工巧耶？则与《北征》固不可同年语也。”（《瓯北诗话》）确实，此诗仅泛写山景，不切终南，是连工巧也谈不上的。

吴大受在《诗筏》中曾说：“作诗有情有景，情与景会便是佳诗。”其实并不如此。如果你所绘之景不能反映出景物本身的特征的话，那么，你的感情也就将失去鲜明独到之处。赵翼认为咏南山，须必于南山，移用他处不得，才可称为工巧，其出发点即在于此。实际上，宋代的范温早已注意到了这一问题，他曾批评石延年的《筹笔驿》诗说："余行蜀道，过筹笔驿，如石曼卿诗云：'意中流水远，愁外旧山青。'脍炙天下久矣；然有山水处皆可用，不必筹笔驿也。"（《潜溪诗眼》）在诗歌作品中，这类写景泛泛的毛病还是比较多见的。试看许浑的《骊山》诗：

闻说先皇醉碧桃，日华浮动郁金袍。
风随玉辇笙歌迥，云卷珠帘剑佩高。
凤驾北归山寂寂，龙舆西幸水滔滔。
贵妃没后巡游少，瓦落宫墙见野蒿。

诗人经骊山，望华清宫，有感于怀，而作此诗。其中"风随"一联之写景，我们若移咏其他一般宫禁又何尝不可？在许浑的怀古诗中，这种写景而不切题位的毛病颇为突出，如"紫芝翳翳多青草，白石苍苍半绿苔"（《题四皓庙》）；"带暖山蜂巢画阁，欲阴溪燕集书堂"（《游江令旧宅》）。前者凡道教庙宇都可用，不必四皓庙也；后者不必限于江令旧宅，其他的旧宅也可适用。许浑诗常有不同篇而同句同联的情况发生，恐怕与此不无关系。试再看郭祥正的《追和李白登金陵凤凰台二首》之一：

高台不见凤凰游，望望青天入海流。

舞罢翠娥同去国，战残白骨尚盈丘。
风摇落日催行棹，潮卷新沙换故洲。
结绮临春无觅处，年年芳草向人愁。

梅尧臣曾称郭祥正是“太白后身”，并赠诗云：“采石月下闻谪仙。”（《采石月》）读这首追次李白《登金陵凤凰台》原韵之作，确能感到诗中颇有太白神韵。据赵与虤《娱书堂诗话》载，郭祥正当时写此诗是“援笔立成，一座尽倾”。不过，若以之与李白诗对读，便可发现，郭诗毕竟不如李诗。李白诗中“三山半落青天外，一水中分白鹭洲”之写景，只能用于金陵，贴切不可他移；而郭祥正诗中“风摇落日催行棹，潮卷新沙换故洲”之写景，凡地在水滨者皆可用，不必金陵也，二者高下自见。

血脉不贯

为诗有章法、句法、字法。三法各有偏重，对任何一者的轻视，都会给诗留下遗憾。有些诗人在创作中常常对一字一句专注有加，而于整体就不甚讲求，李贺便可算是一个。他作诗极注意字句的锻炼，往往呕心沥血，而“于章法不大理会”（黎二樵《批点李长吉集》），所以常有血脉不贯、意有断续之失。对此，钱锺书先生在《谈艺录》中曾举出其《恼公》一诗为例作过批评。

血脉不贯的产生与写作习惯有一定的关系，李贺写诗往往先成得意句，投锦囊中，然后足成之，所以每难疏解。贾岛作诗亦常如此，故时人讥之为“诚有警句，然视其全篇，意思殊馁”（司空图《与李生论诗书》）。我们在述及有句无篇的诗病时曾提到过这种写作习惯。有句无篇与血脉不贯尽管同属章法之欠理会，产生的根源也颇相似，但仍有所区别，前者主要是指诗气格情韵的上下不相协调，后者则主要是指诗意脉语气的上下不相浑融。试看贾岛的《泥阳馆》诗：

客愁何并起，暮送故人回。
废馆秋萤出，空城寒雨来。
夕阳飘白露，树影扫青苔。
独坐离容惨，孤灯照不开。

诗写离别的孤寂情怀。中间二联，均能刻画工妙，当属难得，首尾用笔亦颇相称。然而从章法上看，上下意脉不相贯通。次联的“秋萤”“寒雨”与三联的“夕阳”“树影”之间，如同隔断，更不相涉，露出攒凑的痕迹。再看柳宗元的《柳州寄丈人周韶州》诗：

越绝孤城千万峰，空斋不语坐高春。
印文生绿经旬合，砚匣留尘尽日封。
梅岭寒烟藏翡翠，桂江秋水露鳎鳙。
丈人本自忘机事，为想年来憔悴容。

在结构上此诗无明显的割裂感，但细细研读，仍可感觉到其中脉络不够通畅，正如纪昀所指出的：“‘梅岭’二句指周一边说，然突入觉无头绪，又领不起第七句，殊不妥适。传颂口熟不觉耳。”(《瀛奎律髓刊误》)

卢纶的《送宋校书赴宣州幕》诗亦是在上下之间缺少承转过渡。其诗如下：

南想宣城郡，清江野戍闲。
艨艟高映浦，睥睨曲随山。
名寄图书内，威生将吏间。
春行板桥暮，应伴庾公还。

开端以“南想”领起，到第四句全是想象中的宣城景色。五六句无任何铺垫，便突写宋校书之职与此度赴任之举。如此连接，气脉自然生硬。

有时血脉不贯之作仅仅是诗句位置的安排不够妥帖而已。如皇甫曾的《国子柳博士兼领太常博士，辄申贺赠》诗：

博士本秦官，求才帖职难。
临风曲台净，对月碧池寒。
讲学分阴重，斋祠晓漏残。
朝衣辨色处，双绶更宜看。

首联既说太常博士之职难求，次联就应接柳之任职事，而此诗却是写景，致使不接起二句。如果将次联与三联意思互换，全诗便上下一气，血脉畅通。诗人只要在行文构思中多花一些斟酌的功夫，此失自可避免。

割掇古语

唐人皎然在《诗式》中有“偷语”“偷意”“偷势”之说。偷语指割掇前人诗的语句，偷意指蹈袭前人诗的意境，偷势指模仿前人诗的体势。三者虽同为偷，但有所区别。偷意与偷势颇有些羞羞答答，对原诗还作一番夺胎换骨，而偷语则是公行劫掠，拿来即用。所以皎然认为，三偷之中，“偷语最为钝贼”。古代诗人中，作过这种钝贼的也不少，宋代的释惠崇便是一个。试看他的《访杨云卿淮上别墅》诗：

地近得频到，相携向野亭。
河分冈势断，春入烧痕青。
望久人收钓，吟余鹤振翎。
不愁归路晚，明月上前汀。

其中第三句为司空曙诗，第四句为刘长卿诗，作者将它们一字不改地用入自己的诗中，实在见不出有什么必要。对这种明火执仗窃取前人诗句占为己有的行为，连他的弟子也吟诗道："河分冈势司空曙，春入烧痕刘长卿。不是师偷古人句，古人诗句似兄诗。"极尽谐谑之能事。(见《贡父诗话》)

当然，物有自然之理，人有同然之见，语意之间，有时难免相犯。假如前人的诗句有助于更好地表现自己的感情，有助于创造出原诗没有的新意，那也自可借用。试看晏几道的《临江仙》词：

梦后楼台高锁，酒醒帘幕低垂。去年春恨却来时。落花人独立，微雨燕双飞。　　记得小蘋初见，两重心字罗衣。琵琶弦上说相思。当时明月在，曾照彩云归。

全词温厚闲雅，意境隽永。特别是其中"落花"二句，屡屡为人所称道。如谭献云："名句，千古不能有二。"(谭评《词辨》)陈廷焯云："既闲婉，又沉着，当时更无敌手。"(《白雨斋词话》)可这二句却出自五代翁宏的《春残》诗中。不过，尽管晏几道是照搬原句，但反映的是自己的思想感情。从全词看，上下呼应，意义通贯，景因情而生色，情借景而传神。借用达到如此浑成而如己出，可以说，已不失为是一种创造。

借用与偷语的区别在于，借用在自出新意，浑若天成，而偷语则拆补割掇，痕迹宛然。不妨再看苏轼的一首《送张嘉州》诗：

少年不愿万户侯，亦不愿识韩荆州。
颇愿身为汉嘉守，载酒时作凌云游。
虚名无用今白首，梦中却到龙泓口。
浮云轩冕何足言，惟有江山难入手。
峨眉山月半轮秋，影入平羌江水流。
谪仙此语谁解道，请君见月时登楼。
笑谈万事真何有，一时付与东岩酒。
归来还受一大钱，好意莫违黄发叟。

此诗写得相当粗糙，只要从前三句连用三“愿”字即可见出。诗中“少年”两句来自李白的《与韩荆州书》，“峨眉”两句来自李白的《峨眉山月歌》。从全诗看，这些用古既不见真趣，也不见深意，更不见创新，仅仅是割掇古语而已，真可谓活者死矣，灵者笨矣。

有义无象

诗者，形象思维之物，但这并不排斥用它来表达某些抽象的思想，诗人若能“托象以明义，因小以喻大”（王弼注《周易·系辞》），那也自可状难写之景如在目前，含不尽之意见于言外。如陈陶的《陇西行》:“誓扫匈奴不顾身，五千貂锦丧胡尘。可怜无定河边骨，犹是春闺梦里人。”抽象的“义”——唐代长期的边塞战争给百姓带来痛苦和灾难——借助“无定河边骨”与“春闺梦里人”的“象”传达而出，使全诗具有很高的审美价值。

不过，托象以明义并非方便事，“象”者，形象也，这依然要求诗人进行形象思维与艺术构思。有些逻辑思维能力强而形象思维能力差的人作诗，就容易发生“有义无象”的毛病。宋代的邵雍便颇具代表性，试看他的两首诗：

当默用言言是垢，当言任默默为尘。

当言当默都无任，尘垢何由得到身。

(《言默吟》)

壮岁若奔驰，随分受官职。
所得虽锱铢，所丧无纪极。
今日度一朝，明日过一夕。
不免如路人，区区被劳役。
(《偶得吟》)

虽以诗的体裁写成，但有义而无象。面对这种赤裸裸的观念，读者何以会产生美感联想？打开邵雍那二十卷的《伊川击壤集》，类此作品可谓随手可见，如卷首的《观棋大吟》，在一千八百言中，尽是说些人性与战争的话题；卷末的《首尾吟》一百三十五首，首首都有两句“尧夫非是爱吟诗”，令人倒足胃口。可以说，邵雍根本不懂诗。

在某些著名诗人的笔下，也往往会出现有义无象之作，究其原因，不外是为了某种功利需要急就成章，从而将艺术形象也抛弃了。试看龚自珍的《己亥杂诗》一一九首：

作赋曾闻纸贵夸，谁令此纸遍京华？
不行官钞行私钞，名目何人饷史家？

道光己亥年（1839），龚自珍看到自己在京城无法施展改革朝政的宏愿，便辞官回家。在七个多月的路途中，写下了大型组诗《己亥杂诗》，抒发了内心的愤恨。由于诗人出手太快（平均每三天作二首），致使不少作品如以上所录，不用心构思，以逻辑思维代替形象思维。

托象明义，若形象只是作为抽象思维的图解而不能化为感情的实物，则依然还属有义无象之作。试看白居易的《涧底松》诗：

有松百尺大十围，生在涧底寒且卑。
涧深山险人路绝，老死不逢工度之。
天子明堂欠梁木，此求彼有两不知。
谁喻苍苍造物意，但与之材不与地。
金张世禄黄宪贤，牛衣寒贱貂蝉贵。
貂蝉与牛衣，高下虽有殊；
高者未必贤，下者未必愚。
君不见沉沉海底生珊瑚，历历天上种白榆。

诗人试图将“英俊沉下僚”的社会现实通过“涧底松”的形象反映出来，但由于没有熔铸进独自的感受，所以“涧底松”的形象苍白得很，犹如是观念的举例说明，以致诗人最后不得不自己站出来发一番“高者未必贤，下者未必愚”的抽象议论。

随人作计

作诗并不是一件任心可扬、探喉而满的方便事，正如刘勰所说："方其搦翰，气倍辞前，暨乎篇成，半折心始。何则？意翻空而易奇，言征实而难巧也。"（《文心雕龙·神思》）于是，有些诗人为了图省力气，往往取前人成句加以改头换面，构成自己的诗篇。试看以下诗例：

王安石《又段氏园亭》："漫漫芙蕖难觅路，翛翛杨柳独知门。"（乃是沿袭刘威《游东湖黄处士园林》的"遥知杨柳是门处，似隔芙蓉无路通"。）

陈师道《别三子》："枕我不肯起，畏我从此辞。"（乃是沿袭杜甫《羌村三首》的"娇儿不离膝，畏我复却去"。）

曾几《张子公招饭灵感院》："僧窗各自占山色，处处熏炉茶一瓯。"（乃是沿袭黄庭坚《题落星寺》的"蜂房各自开户牖，处处煮茶藤一枝"。）

陆游《寓驿舍》："九万里中鲲自化，一千年外鹤仍归。"（乃是沿袭丁谓《移道州》的"九万里鹏容出海，一千年鹤许归辽"。）

范成大《元日》："酒缸幸有乾坤大，丹鼎何忧日月迟。"（乃是沿袭杜荀鹤《送九华道士游茅山》的"日月浮生外，乾坤大醉间"。）

这些诗句孤立地看，倒还不错，而一旦探明源流，便露出丑来，原来都是随人作计的货色。这种"只是向古人集中作贼"（冯班《钝吟杂录》）的作品，当然不会有人喜欢。

循习陈言，规摹旧作，在宋代诗坛颇为盛行。这一风气的形成，乃是由于黄庭坚在理论上的倡导。他认为："诗意无穷，而人之才有限。以有限之才，追无穷之意，虽渊明、少陵不得工也。"（《冷斋夜话》引）"虽取古人之陈言入于翰墨，如灵丹一粒，点铁成金也。"（《答洪驹父书》）这意思是说，诗做到宋朝，再要造出新的构思、新的表现方法难而又难，只有以故为新，才能胜过古人。为此他提出了"夺胎换骨"法。所谓夺胎，即窥入其意而形容之；所谓换骨，即不易其意而造其语。二者实际一致，即不要求诗人有自己的生活感受，只要摹仿与依赖前人的命意与技巧就可以了。此种理论提出后，一时张此旗以蔽身而大肆剽窃蹈袭者充斥诗坛，黄庭坚自己的诗歌创作也堕入了陈陈相因的怪圈之中。如杜甫诗有"落月满屋梁，犹疑照颜色"，他便有"落日映江波，依稀比颜色"；白居易诗有"百年夜分半，一岁春无多"，他便有"百年中去夜分半，一岁无多春再来"；梅尧臣诗有"南陇鸟过北陇叫，高田水入低田流"，他便有"野水自添田水满，晴鸠却唤雨鸠归”；王安石诗有“只向贫家促机杼，几家能有一钩丝”，他便有“莫作秋虫促机杼，贫家能有几钩丝”。总之，他总是自觉或不自觉地蹈袭着别人的现成模式。

随人作计终后人。尽管夺胎换骨追求的是诗的以故为新，但毕竟是袭用而不是创造，不会产生新内容，开辟新天地，如果仅从这方面下功夫，就像蹈着别人的足印绕圈子，其结果是路越走越窄，有如张戒所说："屋下架屋，愈见其小。"(《岁寒堂诗话》)江西诗派的诗歌创作就为我们留下了这个深刻的教训。

敷衍成句

诗有凑韵，亦有凑句。凑句者，只按五七言规定句式，敷衍凑泊，而自心自身，俱不照管。范温在《潜溪诗眼》中载有这么一个例子。有个读书人携诗相示，一读，对首篇起句的“十月寒”便感到不满意，因举杜甫用“月”字的诗句加以说明。“五月风寒冷拂骨”，五月乃在夏季，不当冷，却冷得拂骨，这五月才用得有意思。“今朝腊月春意动”，腊月未当有春意，而竟春意动，点出“腊月”二字，是为标明春意来得早。而“八月秋高风怒号”，不系月，则不足以实录一时之事。范温因而指出：“若十月之寒，既无所发明，又不足记录。退之谓‘惟陈言之务去’者，非必尘俗之言，止为无益之语耳。”

诗歌创作因受到格律与字数的严格限制，常会发生刘勰所说的“富于万篇，贫于一字”（《文心雕龙·练字》）的情况。诗人一旦懒于精思，就会出现以无益之语敷衍成句的毛病。试看朱庆馀的《和刘补阙秋园寓兴之什十首》之一：

闲园清气满，新兴日堪追。
隔水蝉鸣后，当檐雁过时。
雨余槐穗重，霜近药苗衰。
不似朝簪贵，多将野客期。

此诗写秋园之景，但在第二联中于“蝉鸣”前冠以“隔水”，于“雁过”前冠以“当檐”，实在看不出有什么必要。很显然，诗人无意锤炼，信手拈来就支凑用上了。再看李白的《陪族叔刑部侍郎晔及中书贾舍人至游洞庭五首》之一：

洞庭西望楚江分，水尽南天不见云。
日落长沙秋色远，不知何处吊湘君。

王夫之曾指出，诗的第二句有“滞累”之病，“以有衬字故也”（《姜斋诗话》）。衬字，即无益之语，当是句中的“水”“南”二字。因为删去这二字，意思也相当清楚，可见此句乃拉字凑数而成。所以冒春荣有云：“七言句若可截去二字作五言，便不成诗。须字字去不得，方是好诗。”（《葚原诗说》）

敷衍成句还往往表现在将一句之意引为两三句，让人感到有一种拖长嗓子说话的味道。试看温庭筠的《月中宿云居寺上方》诗：

虚阁披衣坐，寒阶踏叶行。

众星中夜少，圆月上方明。
霭尽无林色，喧余有涧声。
只应愁恨事，还逐晓光生。

中间二联写月夜清景，品读后便感觉到，后一联比前一联更耐寻思。其原因则正如纪昀所指出的："三、四只是'月明星稀'之意，衍为十字，殊少味。"(《瀛奎律髓刊误》)

谢榛曾云："炼句之法有二忌，如冶人当造五寸之钉，而强之七寸，虽长而细，不利于用也；如圬者筑七尺之墙，五尺以砖，二尺以坯，然遭久雨，砖则无恙，而坯自颓矣。"(《四溟诗话》)这两个比喻打得很形象，只有造五寸之钉的铁，勉强拉长至七寸，结果是长而无用；只有砌五尺之墙的砖，凑上土坯砌成七尺，自然是易于颓垮。作诗者若能意识到这两点，也就能避免拖沓敷衍、死拉硬凑的毛病了。

造语诡怪

宋祁评唐诗，有“太白仙才，长吉鬼才”之说（见《文献通考》）。说李贺是鬼才，乃是因为他的诗多写天上神仙、地下鬼魅，内容无奇不有。杜牧在《李长吉歌诗叙》中所谓“鲸吸鳌掷，牛鬼蛇神，不足为其虚荒诞幻也”，正道出了其诗的特色。李贺这种诗风的形成，与其造语的奇特有很大关系，如“秋坟鬼唱鲍家诗，恨血千年土中碧”（《秋来》）；“百年老鸮成木魅，笑声碧火巢中起”（《神弦曲》），修辞设色，惊心动魄，爽心刺骨。不过，正如周紫芝指出，李贺的诗常常“语奇而入怪”（《古今诸家乐府序》），即为求新奇而堕入诡异谲怪之中，如“神血未凝身问谁”（《浩歌》）；“蛟胎皮老蒺藜刺”（《春坊正字剑子歌》）；“熊虺食人魂，雪霜断人骨”（《公无出门》）；“窗中跳汰截清涎，隈壖卧水埋金爪”（《假龙吟歌》）；“漆灰骨末丹水砂，凄凄古血生铜花”（《长平箭头歌》）；等等。因此，李东阳说：“李长吉诗，字字句句欲传世，顾过于刿鉥，无天真自然之趣。”（《麓堂诗话》）

李贺诗的造语诡怪，在中唐诗坛并不是一个个别的现象，与其同时的孟郊、韩愈、卢仝、贾岛、刘叉、马异等诗人，均有此病，其中以韩愈的《陆浑山火一首和皇甫湜用其韵》最具代表性。下面是此诗的前半部分：

皇甫补官古贲浑，时当玄冬泽乾源。
山狂谷很相吐吞，风怒不休何轩轩。
摆磨出火以自燔，有声夜中惊莫原。
天跳地踔颠乾坤，赫赫上照穷崖垠。
截然高周烧四垣，神焦鬼烂无逃门，
三光弛隳不复暾。
虎熊麋猪逮猴猿，水龙鼍龟鱼与鼋，
鸦鸱雕鹰雉鹄鹍，㷀炰煨爊孰飞奔。
祝融告休酌卑尊，错陈齐玫辟华园，
芙蓉披猖塞鲜繁。
千钟万鼓咽耳喧，攒杂啾嚄沸篪埙，
彤幢绛旃紫纛旛。
炎官热属朱冠裈，髹其肉皮通髀臀。
颒胸垤腹车掀辕，缇颜靺股豹两鞬。
霞车虹靷日毂轓，丹蕤縓盖绯繙帑。

这首诗先是说火势之盛，再是说祝融御火，最后讲了一番水火相克相济的道理。全诗的意绪虽还不难找出，但用语如此的诡僻怪诞，使人如何欣赏？我想无论谁来吟读此诗，都会产生一种呼吸闷塞之感。陈沆曾为此而不解："昌黎言必由衷，何苦为此等不情无谓之词，以自耗其精思乎？"（《诗比兴笺》）从当时诗坛看，韩愈的用意是欲以雄奇艰险来纠正大历诗风的浮浅平滑、圆熟萎靡，没想到却矫枉过正，走入了另一个极端。实际上，不独韩愈，李贺及当时一批呈现出造语诡怪倾向的诗人也都是如此，而对这种"厌黩旧式，故穿凿取新"的现象，刘勰在《文心雕龙·定势》中早就予以批评。方孝孺曾说："善为文者，贵乎奇其意而易其词，骤而览之，亹亹觉其易也；徐思而绎之，虽极工巧者莫加焉。"（《赠郑显则序》）照此为诗，则自能免去造语诡怪之病。

杂凑成章

据《拊掌录》载，宋哲宗朝，有个皇族弟子作了一首《即事》诗："日暖看三织，风高斗两厢。蛙翻白出阔，蚓死紫之长。泼听琶梧凤，馒抛接建章。归来屋里坐，打杀又何妨。"人们不解所谓，问其诗意，答曰：始见三只蜘蛛织网于檐间，又见二雀斗于两厢廊，故有前二句。蛙翻腹似"出"字，死蚯蚓如"之"字，故有三四句。三联的意思是，方吃泼饭，闻邻家琵琶作《凤栖梧》；食馒头未毕，阍人报建安章秀才上谒。尾联乃写迎客既归，见内门上画钟馗击小鬼，故云"打杀又何妨"。读这样的诗真是叫人不笑也难。不过，它也使我们明白了一个道理，写诗不能随心所欲，想到什么就写什么，而必须根据全篇宗旨，对生活进行选择。（当然此诗还涉及违反语言表达的法则与常规问题，对此另文论述。）

杜牧曾云："凡为文以意为主，以气为辅，以辞彩章句为之兵卫。""苟意不先立，止以文彩辞句绕前捧后，是言愈多而理愈乱，如入阛阓，纷纷然莫知其谁，暮散而已。”（《答庄充书》）这便道出了杂凑成章的病根所在。作文如此，作诗亦当如此。试看唐代于季子的《咏汉高祖》诗：

百战方夷项，三章且代秦。
功归萧相国，气尽戚夫人。

这四句分别列举了与汉高祖刘邦有关的四件史实，字面上虽两两相对，然而相互之间却毫无关涉，我们无法理解全诗所表现的究竟是什么思想感情。造成这一弊端的原因就是，诗人在创作中没有明确的宗旨与纲领，随手成章，遂使各事全为乌合。所以王夫之在《夕堂永日绪论·内编》中讥之云：“恰似一汉高帝谜子，掷开成四片，全不相关通。如此作诗，所谓‘佛出世也救不得’也。”再看宋代韩琦的《秋风赴先茔马上》诗：

暂趋先垅弭旌旄，因恤吾民穑事劳。
谷实已伤嗟岁廪，麦根虽立望春膏。
林疏山骨清弥瘦，天阔诗魂病亦豪。
田舍罕逢车骑过，聚门村妇拥儿曹。

骑马行路途中，所见所感自然是繁杂的、飘忽的，若将这些思绪见闻写成一首诗，就必须围绕一个中心而加以选择。这首诗由于疏忽了这一重要环节，因而就显得杂乱无章。从全诗脉络看，前四句说一事，五六句说一事，末尾二句说一事，相互间亦无有机联系，就像三个散兵游勇一般。

当然并不是事事截断的诗都是杂凑成章之作，如欧阳修《梦中作》:“夜凉吹笛千山月，路暗迷人百种花。棋罢不知人换世，酒阑无奈客思家。”全诗四句各写一事，互不相关，然而在梦境上却是贯穿的，所以我们对此类作品不可拘泥于一隅。

观物不切

苏轼在其文中载有二则关于观物不切的故事。一则说蜀中有杜处士，好书画，所藏精品以百数，尤爱其中唐代画家戴嵩画《牛》一轴。一日曝书画，有一牧童见之，拊掌大笑说："此画斗牛也。牛斗，力在角，尾搐入两股间，今乃掉尾而斗，谬矣。"处士笑而然之。对此，苏轼发论说："古语云：'耕当问奴，织当问婢。'不可改也。"（《书戴嵩画牛》）另一则说五代画家黄筌画飞鸟，颈足皆展。有人指出："飞鸟缩颈则展足，缩足则展颈，无两展者。验之信然。"对此，苏轼也发了一番议论："乃知观物不审者，虽画师且不能，况其大者乎！君子是以务学而好问也。"（《书黄筌画雀》）

尽管苏轼对创作中观物入微的重要性有如此的认识，可偏偏智人千虑，也有一失，他自己的作品亦未能避免观物不审的毛病。试看其《卜算子》词：

缺月挂疏桐，漏断人初静。谁见幽人独往来？缥缈孤鸿影。　　惊起却回头，有恨无人省。拣尽寒枝不肯栖，寂寞沙洲冷。

这首词咏孤鸿，鸿雁的生活习性是栖宿在田野草丛间，未尝在树枝上停息，所以也就不存在“拣尽寒枝不肯栖”的问题。对此作的因观物不切而失事理之真，金人王若虚曾为之辩护说：“以其不栖木，故云耳。”（《滹南诗话》）此说可谓强词夺理。据词意，苏轼乃是借孤鸿寄托自己不愿与世俗同道的情怀，既然本心就不肯随波逐流，何必还要作一番选择？若果真如此，岂不矫情太甚？

以写《鹧鸪》得名而被号为“郑鹧鸪”的郑谷，在这首诗中同样犯有观物不切的毛病。诗如下：

暖戏烟芜锦翼齐，品流应得近山鸡。
雨昏青草湖边过，花落黄陵庙里啼。
游子乍闻征袖湿，佳人才唱翠眉低。
相呼相应湘江阔，苦竹丛深春日西。

崔豹《古今注》云：“鹧鸪出南方，鸣常自呼。常向日而飞，性畏霜露，早晚希出。”陆佃《埤雅》亦称鹧鸪最恶湿，天阴即以木叶被身。由此来看，诗中所谓“雨昏青草湖边过”，显然是未知鹧鸪者言也。

刘熙载曾指出："言此事必深知此事，到得事理曲尽，则其文确凿不可磨灭。"(《艺概·文概》)这提醒我们，对所描写的事物仅身之亲历、目之亲瞻还不够，须得作一番深入细微的观察直至"事理曲尽"。据胡仔《苕溪渔隐丛话》引曾慥《高斋诗话》载，王安石曾写了一首《残菊》诗，其中有"黄昏风雨打园林，残菊飘零满地金"两句，而菊花乃枝上枯，枯后即使落地亦不似金，故苏轼读后写诗讥之曰："秋英不比春花落，说与诗人仔细看。"唯有"仔细看"，方能识得真，勘得破，方能穷物之情，尽物之态，令人诚可悦而咏也。

自我蹈袭

诗道最贵变化，不特古人之作不可袭貌遗神，即自家先后所作，亦不宜迹象太类。有些诗人，对前者倒还加以防范，对后者则就往往忽视。如被誉为“五言长城”的刘长卿诗，正如王世贞所指出的：“十章以还，便自雷同不耐检。”(《艺苑卮言》) 试看以下诗句：

正落寒潮水，相随夜到门。(《送张十八归桐庐》)

离心与潮信，每日到浔阳。(《江州留别薛六柳八二员外》)

旧路经年别，寒潮每日回。(《酬秦系》)

独过浔阳去，空怜潮信回。(《奉送裴员外赴上都》)

暮帆何处落，潮水背人归。(《奉送卢员外之饶州》)

潮归人不归，独向空塘立。(《送丘为赴上都》)

以上各联，虽诗貌不同，实诗质无异，几乎自作应声之虫，真令人为其笔墨之不肯自珍自重而叹惜。在刘长卿诗集中，甚至还有一字不改地蹈袭自己诗句的情况，如《赴巴南书情寄故人》与《罪所留系寄张十四》诗中就都有“直道天何在，愁容镜亦怜”及“无泪可潸然”三句。这难怪高仲武要批评他“思锐才窄”(《中兴间气集》)了。

方干诗也常自相蹈袭，如《中路寄喻凫先辈》有“寒芜随楚尽，落叶渡淮稀”，而《送喻坦之下第还江东》又有“过楚寒方尽，浮淮月正沉”。《贻钱塘县路明府》有“吟成五字句，用破一生心”，而《赠喻凫》又有“才吟五字句，又白几茎须”。《称心寺中鸟》有“雪折停猿树，花藏浴鹤泉”，而《寄石溢清越上人》又有“窗接停猿树，岩飞浴鹤泉”。《漳州于使君罢郡如之任漳南》有“月中倚棹吟渔浦，花底垂鞭醉凤城”，而《送弟子伍秀才赴举》又有“倚棹寒吟渔浦月，垂鞭醉入凤城尘”。词意重复如此，也反映出诗人的事料之俭与心思之窘。

在我国诗歌史上，自相蹈袭之病犯得最为严重的，恐怕要算陆游了。他曾自称：“六十年间万首诗。”(实存九千一百余首)但这样的高产量是以大量的雷同为代价的。他作诗，总是喜欢把同一意思或类似的意思反复地写来写去，故为诗虽富，而意境实鲜变化，复出重见之作比比皆是。试看以下诗句：

病里犹须看周易，醉中亦复读离骚。(《读书》)

病中看周易，醉后读离骚。(《自诒》)

病里正须周易，醉中却要离骚。(《六言杂兴》)

问看饮酒咏离骚，何似焚香对周易。(《书怀示子遹》)

研朱点周易，饮酒读离骚。(《闭门》)

穷每占周易，闲惟读楚骚。(《遣怀》)

体不佳时看周易，酒痛饮后读离骚。(《杂赋》)

所举诗例，都是一句《周易》，一句《离骚》，于自己的思路一往而再三往，因而读一首如已读数十首，读一遍如已读数十遍。

克服自我蹈袭的毛病也不难，明代的周容对此提出了一个“避”字。他在《复许有介书》中说：“使龙而日见形于人，亦豢矣。使人而日餐江瑶柱，亦饫矣。故读数首而不得其所守之字，读数十首而不得其所守之律，读数十百首而不得其所守之体。陆生曰‘数见不鲜’，可以悟所避矣。”

行气粗豪

诗词有"豪放"一格。豪者，气度豪迈，感情激荡也；放者，格局开放，自由恣肆也。因此，豪放之作必意境深宏博大、气势纵横排宕。清人孙联奎曾指出："惟有豪放之气，乃有豪放之诗。若无其胸襟气概，而故为豪放，其有不涉放肆者鲜矣。"（《诗品臆说》）这对诗坛上一种徒具豪言壮语而无豪情壮志的所谓豪放提出了批评。确实，这样的作品为数也不少，试看刘过的《沁园春·寄辛承旨》词：

斗酒彘肩，风雨渡江，岂不快哉！被香山居士，约林和靖，与东坡老，驾勒吾回。坡谓："西湖正如西子，浓抹淡妆临镜台。"二公者，皆掉头不顾，只管传杯。　白云："天竺飞来！图画里、峥嵘楼阁开。爱东西双涧，纵横水绕；两峰南北，高下云堆。"逋曰："不然。暗香浮动，争似孤山先探梅？须晴去，访稼轩未晚，且此徘徊。"

南宋黄昇曾称刘过“词多壮语，盖学稼轩者也”（《花庵词选》）。从此作可以看出，在出语豪纵、形式奇肆等方面，确有辛词味，然而读后却也谈不上有什么令人感发的力量。谢章铤曾指出：“稼轩是极有性情人，学稼轩者，胸中先具一段真气奇气，否则虽纸上奔腾，其中俄空焉，亦萧萧索索如牖下风耳。”（《赌棋山庄词话》）此词所缺乏的就是稼轩的这段“真气”，所以尽管气势豪放，犹如村夫野叟大碗喝酒、大块吃肉一样，只是粗豪而已。

行气粗豪，亦往往是与艺术的粗糙连在一起的。“学稼轩，要于豪迈中见精致。”（《赌棋山庄词话》）这提醒我们，豪放并不是裂眦攘臂而呼，还得有个法度，也就是说，既要有行云流水、泉源涌地般的自由恣肆，同时又要很谨严地行于所当行，止于所不可不止。有些作品往往就因奔放踈弛而露出粗豪之气。试看陈亮的《贺新郎》：

离乱从头说，爱吾民、金缯不爱，蔓藤累葛。壮气尽消人脆好，冠盖阴山观雪。亏杀我，一星星发！涕出女吴成倒转，问鲁为齐弱何年月？丘也幸，由之瑟。　　斩新换出旗麾别，把当时、一桩大义，拆开收合。据地一呼吾往矣，万里摇肢动骨。这话霸、只成痴绝！天地洪炉谁扇韛？算於中，安得长坚铁！淝水破，关东裂！

词的上片，抒发了对“壮气尽消人脆好”的颓惰士气及“冠盖阴山观雪”的怯懦国势的愤懑情绪。词下片，以“据地一呼吾往矣，万里摇肢动骨”的设想，表示了欲投奔战场、大显身手的雄心壮志。全词充溢了强烈的爱国之情。然而在艺术性方面，我们明显地感觉用笔率易得很，虽还不至于流入叫嚣贲张一路，但亦与之不远。所以陈廷焯在肯定陈亮词可作“中兴露布读”的同时，又有“就词论，则非高调”和“去稼轩远矣”的批评（见《白雨斋词话》）。

不成文法

据计有功《唐诗纪事》载，唐中宗时，左武将军权龙褒作了一首《秋日述怀》诗。诗云："檐前飞七百，雪白后园墙。饱食房里侧，家粪集野螂。"其参军不解，问之，权曰：鹞子从檐前过，价值七百文。衣衫洗后挂后园墙，洁白如雪。饱食后在房中侧卧，突然要上厕，见粪坑里有一堆屎壳郎。假如诗人不作这番解释，我想，无论谁读后都会莫名其妙。此诗章法的杂乱且不去说它，即连最基本的语言的表达也不合常规。如首句"檐前飞七百"，竟是"鹞子从檐前飞过，价值七百文"的意思，真令人啼笑皆非。

诗歌由于体裁和句式的特点，使得它不必也不可能像散文那样严格地遵循语法来组词成句，诗人尽可以根据抒情的需要，对某些文法规定进行变通。温庭筠《商山早行》诗的名联"鸡声茅店月，人迹板桥霜"，便是全以名词构成句子的。不过要注意的是，诗人无论对文法作怎样的变通，都须以保持诗句本身各部分之间的逻辑联系为前提。如温诗的"鸡声茅店月"，虽一句中"鸡声”“茅店”“月”互不相关，但鸡声是人所闻，茅店是人所宿，月是人所见，一个早行旅客的活动，将这三者逻辑组合了。诗有语病，便是句中词语间的逻辑联系被打破了。试看杜甫的《至后》诗：

冬至至后日初长，远在剑南思洛阳。
青袍白马有何意？金谷铜驼非故乡。
梅花欲开不自觉，棣萼一别永相望。
愁极本凭诗遣兴，诗成吟咏转凄凉。

此诗写得比较粗糙，以至朱瀚曾怀疑是“赝作”（见《杜诗详注》）。其中第五句“梅花欲开不自觉”便是病句。“不自觉”是作为“欲开”的补语而出现的，“欲”者，带来一定的主观意动性，梅花既然“欲开”，又何以“不自觉”呢？于文法上显然不通。黄庭坚的《蓦山溪》词亦有同病：

鸳鸯翡翠，小小思珍偶。眉黛敛秋波，尽湖南、山明水秀。　娉娉袅袅，恰近十三余。春未透，花枝瘦。正是愁时候。

这是词的上阕，描写歌妓的天生丽质，豆蔻年华，情窦初开，多愁善感。其中“娉娉袅袅，恰近十三余”，乃是在杜牧《赠别》的“娉娉袅袅十三余”诗句上加“恰近”而成，然这一加，恰如蛇足，不知其没到十三呢，还是超出了十三。

诗的语病总要影响到诗意的表达，试再看钟惺的《夜》诗：

天寒无不深，不独夜沉沉。
难道潮非水，何因风过林。
戏拈生灭候，静阅寂喧音。
到眼沙边月，幽人忽会心。

诗的次联虽没有文字上的障碍，可却很难理解，毛病就出在文法上。“难道潮不是水，为什么风吹过林？”诗人在组成这个复合句时，根本没考虑到其中的逻辑联系。对这种有违常规的语言表达，我们读后只得无奈何地说：“不懂。”

轻艳淫靡

情有所感，不能无所寄；意有所郁，不能无所泄，而“情所最先，莫如男女”(袁枚《答蕺园论诗书》)。因此，作为人类天性之一、在人的情感世界中占有重要地位的男女爱情，必然会在诗歌创作中反映和表现出来。打开我国最早的诗歌总集《诗经》，其中所收的第一首诗《关雎》，就是描写一位君子对“窈窕淑女”的热烈追求。可以说没有爱情，诗歌也就失去了它的魅力。

然而，“情”往往是与“欲”联系在一起的，这意味着在表现男女之情时不能随心所欲。古人早已告诫说：“发乎情，止乎礼义。”(《毛诗序》) 所谓“礼义”，我们给予的解释是言情所应有的尺度。凡缺乏真挚的情感与深刻的含义，而又语意猥亵，感情佻薄，趣味低下，便是越度。越度之作，风格必轻艳淫靡。试看南朝梁简文帝萧纲的《咏内人昼眠》诗：

北窗聊就枕，南檐日未斜。

攀钩落绮障，插捩举琵琶。
梦笑开娇靥，眠鬟压落花。
簟纹生玉腕，香汗浸红纱。
夫婿恒相伴，莫误是倡家。

诗人不去表现爱情生活中健康积极的一面，而是揣摩床第，以欲为情。诗中“玉腕”“香汗”等华丽的词藻，均暗示着情欲与肉感。末尾二句，诗人还特地交代这是“夫婿恒相伴，莫误是倡家”，倒不打自招地道出了这是个“倡女”的形象。萧纲曾言：“立身先须谨重，文章且须放荡。”(《诫当阳公大心书》)看来，前句只是门面之词，后句才体现其本质。有这样一位皇帝在理论上倡导，在创作上示范，无怪乎当时诗坛充斥轻艳淫靡的宫体诗。

如果说南朝宫体诗是诗史上轻艳淫靡之风吹拂的第一个高潮的话，那么晚唐的香奁诗、五代的花间词则是诗史上轻艳淫靡之风吹拂的第二个高潮。先看香奁诗代表作家韩偓的《昼寝》诗：

碧梧阴尽隔帘栊，扇拂金鹅玉簟烘。
扑粉更添香体滑，解衣唯见下裳红。
烦襟乍触冰壶冷，倦枕斜敧宝髻松。
何必苦劳云雨梦，王昌只在此墙东。

这首情诗所流露出的是一副轻薄相，“香体”“解衣”云云，正可见出诗人之狎鄙。纪昀曾指出:“李、杜、韩、苏诸集岂无艳体，然不至如晚唐人诗之纤且亵也。”(《云林诗钞序》) 再看花间词人欧阳炯的《浣溪沙》词:

> 相见休言有泪珠，酒阑重得叙欢娱，凤屏鸳枕宿金铺。　　兰麝细香闻喘息，绮罗纤缕见肌肤，此时还恨薄情无?

将男女之欢合放置在一个铺金列绣、脂妍香浓的环境氛围中加以表现，典型地呈现出轻艳淫靡的风格。

王国维曾指出:“词之雅郑，在神不在貌。永叔、少游虽作艳语，终有品格，方之美成，便有淑女与娼妓之别。”(《人间词话》)“品格”者，真情与雅趣也。情真趣雅，即是写得大胆刻骨，亦不会流于轻艳，堕于淫靡。词如此，诗亦如此。

四声失调

古时汉语字音有平上去入四种声调，这四种声调在发音过程中由于有着音高和音长的不同，因而读起来自有刚柔、高下、长短、轻重分别。诗歌创作讲究平仄（平，指平声；仄，指上去入三声），就是通过四声的参互调和，以求得抑扬顿挫的声调之美。所以诗词作品一旦有违四声相间轮用的格律定式，读来必感蹇吃。试看下面两首诗：

荒池菰蒲深，闲阶莓苔平。
江边松篁多，人家帘栊清。
为书凌遗编，调弦夸新声。
求欢虽殊途，探幽聊怡情。
（陆龟蒙《夏日闲居》）

月出断岸口，影照别舸背。

且独与妇饮，颇胜俗客对。
月渐上我席，暝色亦稍退。
岂必在秉烛，此景已可爱。
（梅尧臣《舟中夜与家人饮》）

前一首全篇皆用平声，后一首全篇皆用仄声，尽管景物人情都摹写得不错，但由于四声失调，诵读时颇感碍口。不仅一首诗全平全仄声调不美，即使是一句诗中不作平仄交替，也令人涩口难读。明人何景明曾写过这样一首诗：

秋原何萧萧，耳目去杂茸。
枯荷犹穿塘，苦瓠尚抱陇。
寒风吹空林，落日照古冢。
徘徊观陈踪，露下发忽竦。

此诗的一、三、五、七句全用平声字，二、四、六、八句全用仄声字，四声不调，令全诗失去了抑扬悦耳的声调美。再如杜甫的《夔州歌十绝句》之一：

中巴之东巴东山，江水开辟流其间。
白帝高为三峡镇，夔州险过百牢关。

诗的首句，七个字都是平声，听起来觉得像小儿学语，口齿不清。

就诗歌创作而言，固定的格律定式，避免了诗句出现全平全仄的可能性，以上诗例显然是诗人有意为之。但我们必须知道，并不是按照格律填写诗词就不会有四声失调的问题了。古人以为，平声不能究阴阳之别，仄声不能严上去之分，则声调依然是不完美的。李天生曾经指出："老杜自称'晚节渐于诗律细'，曷乎言细，律诗平声同一纽（按：指同阴平、阳平）者不连用，仄声上去入三声必隔别用之，无有同者。"（仇兆鳌《杜诗详注》引）这是说，杜甫律诗双句的末一字（即押韵字）总是阴平与阳平交替使用的，单句的末一字总是上去入三仄间隔的。前者因束缚太大，一般诗人难以做到，故也不算声病（古人所谓"两平还要辨阴阳"，多指同句中避免两阴平或两阳平字的连用）；而若违反后者，则就为声病了。试看杜牧的《题宣州开元寺水阁》诗：

六朝文物草连空，天淡云闲今古同。
鸟去鸟来山色里，人歌人哭水声中。
深秋帘幕千家雨，落日楼台一笛风。
惆怅无因见范蠡，参差烟树五湖东。

谢榛指出："此上三句落脚字，皆自吞其声，韵短调促，而无抑扬之妙。因易为'深秋帘幕千家月，静夜楼台一笛风'。"（《四溟诗话》）谢榛所改，吾不敢苟同，但其所说第三、五、七句末字三上相连，调哑声吞，读来不畅，则是事实。

锐始懈终

古人曾将诗歌的起结分别喻为“凤头”与“豹尾”，即要求开首美丽，出人意表；结尾响亮，有如撞钟。从诗歌的创作情况来看，往往是“凤头”易得而“豹尾”难成。其原因就如清人陈仅所说：“入手时一鼓作气，可以自主，至结句鼓衰力竭，又须从上生意，一有不属，全篇尽弃，故好者尤鲜。”（《竹林答问》）张祜的《题润州金山寺》便是一首锐始懈终之作：

一宿金山寺，微茫水国分。
僧归夜船月，龙出晓堂云。
树影中流见，钟声两岸闻。
因悲在朝市，终日醉醺醺。

全诗描尽了金山寺胜景，致使后人不复能措手，几同崔颢《黄鹤楼》诗，故古人推为“绝唱”（方回《瀛奎律髓》）。然此诗的缺陷亦是相当严重的，只须通读一遍，便可发觉前六句摹写超绝，而尾联则庸俗鄙恶，堕入了打油诗格。沈德潜曾说张祜云："此公《金山》诗最为庸下。"(《唐诗别裁》）我想，其着眼点可能就在这个结尾。

张祜此诗毕竟是个典型事例，大部分作品的"懈终"，倒不是存在着重大的失误，而是缺乏前面已呈现的超远的神韵。试看苏轼的《和子由渑池怀旧》诗：

人生到处知何似？应似飞鸿踏雪泥。
泥上偶然留指爪，鸿飞那复计东西。
老僧已死成新塔，坏壁无由见旧题。
往日崎岖还记否，路长人困蹇驴嘶。

诗的前四句就人生作了一番感喟，形象生动，寄意深远，颇富有哲理性，历来广为传诵，"雪泥鸿爪"还成为常用成语。后四句抒怀旧之情，却是泛泛叙事，缺乏可以令人咀嚼的内涵，故读后有前隽后率之感。刘勰在《文心雕龙·附会》中指出："若首唱荣华，而媵句憔悴，则遗势郁湮，余风不畅。"苏轼此诗之所以气势阻塞、余味索然，毛病即出在未能在收束之笔上用力。朱敦儒的《念奴娇》词亦是一首前面有余，后面不足，前面极工，后面草草之作：

插天翠柳，被何人、推上一轮明月？照我藤床凉似水，飞入瑶台琼阙。雾冷笙箫，风轻环佩，玉锁无人掣。闲云收尽，海光天影相接。　　谁信有药长生，素娥新炼就，飞霜凝雪。打碎珊瑚，争似看、仙桂扶疏横绝。洗尽凡心，满身清露，冷浸萧萧发。明朝尘世，记取休向人说。

此词描述自己在藤床上神游月宫。起端便奇：仰看天宇，翠柳如插在天空，明月似被推而上，在冰清玉洁的月色中，飘飘然飞入了瑶台琼阙。接下叙写在月宫中的所见所闻所感，用笔清雅隽洁，亦颇有情趣。然而末尾的“明朝”二句，读来却全无意味，如鼠尾接虎头，原因就在作者未能别开一境、别出一意，致使意随语竭。

用典冷僻

清代袁枚曾写过一首《过马嵬吊杨妃》诗，其中有一联“金乌锦袍何处去，只留罗袜与人看”，用了《新唐书·李石传》中的话，本不是什么僻典，而读者人人问出处，袁枚便将此作从诗集中删去了（事见《随园诗话》卷六）。这种为读者着想的做法很值赞赏。不过，也有一些诗人与袁枚完全相反，他们好用僻事僻典，似乎是故意要人看不懂或不能全懂。黄庭坚便是这样一个诗人。与其同时的魏泰就说他“喜作诗得名，好用南朝人语，专求古人未使之事，又一二奇字缀葺而成诗”（《临汉隐居诗话》）。许尹在《黄陈诗集注序》中则进一步指出“其用事深密，杂以儒佛、虞初稗官之说，《隽永》《鸿宝》之书，牢笼渔猎，取诸左右”。我们只要翻一下南宋初年的任渊所注的《山谷内集》，便可证实其话不虚。《内集》收诗七百十五首，用典之书仅任渊所注明出处的就达四百余种，其中除了读书人所必读与习见的书外，还用了不少冷僻的文集、小说乃至道藏佛经。试看一些诗例：

《听宋宗儒摘阮歌》:“自疑耆域是前身，囊中探丸起人死。”用《耆域经》中耆域能医众病之事。

《题王黄州墨迹》:“掘地与断木，智不如机舂。圣人怀余巧，故为万物宗。”本孔融《肉刑论》“贤者所制，或逾圣人。水碓之巧，胜于断木掘地”之意。

《题养浩堂画》:“陈郎浮竹叶，著我北归人。”事出《幻影传》。陈季卿下第不得归，终南山翁折竹叶，命季卿注视壁上瀛寰图，遂得缩地归。

有多少读者在吟咏以上诗句时能与出典相联系？用事如此冷僻，不是故设人为障碍吗？这种不良的风气还影响到宋代词坛，吴文英便是典型代表。试看他的《宴清都》词开端：

绣幄鸳鸯柱，红情密，腻云低护秦树。

这首词咏连理海棠。“绣幄”，指用来护花的彩绣大帐；“鸳鸯柱”，指连理海棠；“红情密”，系形容海棠花花团锦簇，这些都还可以理解，“腻云低护秦树”句，则就令人费解了。“秦树”是什么意思？原来出典在《阅耕录》，该书记载说，秦中有双株海棠，高达数十丈，故作者以“秦树”指连理海棠。这一句乃是以女子的云鬟衬香腮比喻翠叶护红花。读这样的作品简直如同解哑谜一般。有人曾为黄庭坚、吴文英这类作品辩护说，不是他们用事过僻，而是读者学识太浅，故时时要对典故问名探姓。我想，如果诗歌一定要满腹学问的人才能读懂的话，那还有什么意义呢？就创作者来说，欲求作品胜人，并不在用生典，对此清代钱泳在《履园谭诗》中说得相当透彻："看古人诗文，不过将眼面前数千字搬来搬去，便成绝大文章。乃知圣贤学问，亦不过将伦常日用之事，终身行之，便为希贤希圣，非有六臂三首牛鬼蛇神之异也。"

相次丛聚

李商隐《马嵬》诗云："海外徒闻更九州，他生未卜此生休。空闻虎旅鸣宵柝，无复鸡人报晓筹。此日六军同驻马，当时七夕笑牵牛。如何四纪为天子，不及卢家有莫愁。"这是一首历来传诵的名作，深得前人美誉，如清人胡以梅赞之为"局法奇变，用意曲折，神化妙品"（《唐诗贯珠》）。不过，也有批评家以锐利的艺术眼光看出了此诗的不足处，如吴昌祺曾指出："中间两联虎、鸡、马、牛同用，亦一病。"（《删订唐诗解》）虎、鸡、马、牛同属禽兽类，用于相邻的四句中，犯了"相次丛聚"之病。有关"相次丛聚"，日僧遍照金刚在《文镜秘府论》中已有论述，他指出：

> 丛聚病者，如上句有"云"，下句有"霞"，抑是常。其次句复有"风"，下句复有"月"。"云""霞""风""月"，俱是气象，相次丛聚，是为病也。如刘铄诗曰："落日下遥林，浮云霭曾阙，玉宇来清风，罗帐迎秋月。"此上

句有“日”，下句有“云”，次句有“风”，次句有“月”，“日”“云”“风”“月”，相次四句，是丛聚。

元兢对此有进一步的说明：“上十字已有‘鸾’对‘凤’，下十字不宜更有‘凫’对‘鹤’；上十字已有‘桂’对‘松’，下十字不宜更用‘桐’对‘柳’。”（同上引）或许有人觉得，对诗歌创作如此限制未免近于苛细，但我认为，这看似琐屑，实则正体现了避免单调、力求丰富的审美趣味。就通常的五、七言律诗而言，全篇只不过四五十字，要在这样的篇幅中包孕尽可能多的思想感情，就不能集中地使用意义相同或相近的字眼。如果将同属一类的字相次丛聚于各句中，那么这些句子所反映的内容便可能偏于一致，作品也就很难获得“片言可以明百意，坐驰可以役万景”（刘禹锡《董氏武陵集记》）的艺术效果。因此，从小处着眼，这仅是诗的用字问题，但从大处着眼，便关涉诗人的思路是否开阔的问题。试看陆游的《对酒》诗：

老子不堪尘世劳，且当痛饮读离骚。
此身幸已免虎口，有手但能持蟹螯。
牛角挂书何足问，虎头食肉亦非豪。
天寒欲与人同醉，安得长江化浊醪。

钱锺书先生在批评陆游诗“凑填之痕，每不可掩”时，便以此诗为例："以'虎口''蟹螯''牛角''虎头'分列项腹两联，绝无章法，只堪摘句。"(《谈艺录》）再看叶适的《西山》诗：

对面吴桥港，西山第一家。
有林皆橘树，无水不荷花。
竹下晴垂钓，松间雨试茶。
更瞻东挂彩，空翠杂朝霞。

中间四句相次丛聚了同属一类的"橘""荷""竹""松"四字，读来颇感重叠与单调。很显然这是诗人藻思窘俭，只将所见之景敷衍一番所致，所以纪昀毫不客气地责之为"平浅之作"(《瀛奎律髓刊误》)。

句法类同

遍照金刚在《文镜秘府论》中曾拈出过诗的“长撷腰病”与“长解镫病”。所谓撷腰，指五言诗句的音节为2—1—2；所谓解镫，指五言诗句的音节为2—2—1。这是五言诗最常用的两种句式。若连用数句撷腰式，诗就有“长撷腰病”，如其所引上官仪诗：“曙色随行漏，早吹入繁笳。旗文萦桂叶，骑影拂桃华。碧潭写春照，青山笼雪花。”若连用数句解镫式，诗就有“长解镫病”，如其所引上官仪诗：“池牖风月清，闲居游客情。兰泛樽中色，松吟弦上声。”这二病说得明了通俗些，也就是诗的句法的类同。

对类同句法的批评，并不是一种苛求。因为诗句多限于五言或七言，如果不讲究句法，那么相同句式的诗句连接在一起，就会显出单调刻板来。所以遍照金刚引元兢的话说：“撷腰、解镫并非病，文中自宜有之，不间则为病。”所谓“间”，便是要求句式错综变化。试以杜甫的《客亭》诗作分析：

秋窗——犹——曙色，落木——更——高风。
日出——寒山——外，江流——宿雾——中。
圣朝——无——弃物，衰病——已——成翁。
多少——残生——事，飘零——任——转蓬。

接连的各联的句式都不雷同一致，反映出诗人于整中求变的审美趣味。不过，我们也发现诗歌创作中有这样一种现象，诗人们往往会因为注重了诸如感情的表达、意象的浮现、结构的安排、语言的凝练等问题，而将句法视为小节忽略不顾，以致作品句法一律，缺少变化，虽说瑕不掩瑜，但毕竟留下遗憾。在这方面，杜甫也未能免俗，试看他的《秋兴八首》之五：

蓬莱宫阙对南山，承露金茎霄汉间。
西望瑶池降王母，东来紫气满函关。
云移雉尾开宫扇，日绕龙鳞识圣颜。
一卧沧江惊岁晚，几回青琐点朝班。

杜甫的《秋兴八首》气势浑厚，词采高华，可谓千古杰作。但正如大河奔流，挟泥沙而俱下，其间亦有失检点处。如这一首，仇兆鳌曾指出："此章下六句，俱用一虚字二实字于句尾，如'降王母''满函关''开宫扇''识圣颜''惊岁晚''点朝班'，句法相似，未免犯上尾叠足之病矣。"（《杜诗详注》）确实，我们在连读这六个2—2—1—2的句式时，会有一种气不通畅的感觉。钱起的《省试湘灵鼓瑟》诗亦有此疏失：

善鼓云和瑟，常闻帝子灵。
冯夷空自舞，楚客不堪听。
苦调凄金石，清音入杳冥。
苍梧来怨慕，白芷动芳馨。
流水传湘浦，悲风过洞庭。
曲终人不见，江山数峰青。

诗的三、四、五联，虽是各自表现了不同的方面，但每联都是采用2—1—2的句式，读来总觉有些呆板。此虽小疵，但学者不可不知。

迁意就韵

宋人韩驹曾指出："作诗必先命意，意正则思生，然后择韵而用。"（《陵阳室中语》）这告诉我们，在处理"意"与"韵"的关系时，应当遵循以意为主的原则。确实，在诗歌创作中，押韵不过是诗人为表情达意而运用的一种语言艺术，对意说来，韵如同奴隶，其职责只是服从。然而有些诗人并未能摆正这二者之间的关系，在韵与意发生矛盾时，往往迁意就韵，不惜影响思想的表达与感情的抒发。试看苏轼的《次韵代留别》诗：

绛蜡烧残玉斝飞，离歌唱彻万行啼。
他年一舸鸱夷去，应记侬家旧姓西。

诗中第三句的"鸱夷"写范蠡。范蠡在佐越灭吴后，与西施乘舟浮海而去，自号"鸱夷子皮"。第四句的"旧姓西"写西施，可是西施并不姓西。《太平寰宇记》载："西施，施其姓也，所居在西，是时有东施家、西施家。”因此苏轼所谓的“旧姓西”显然不合情理。以苏轼之博学，还不至于连这一常识也不知，我想，这恐怕是为押韵而不得不如此了。（曾有人以为“旧姓西”为“旧住西”之讹，但此属臆测，无本可据，故不取。）

再如龚自珍的《已亥杂诗》第八十三首：

只筹一缆十夫多，细算千艘渡此河。
我亦曾糜太仓粟，夜闻邪许泪滂沱。
（五月十二日抵淮浦作）

清王朝时代，东南各省的漕粮主要通过运河北上。运河在入黄河前，因水流高低不同，设有多座水闸。船只通过时，由纤夫拉船过闸，每艘船需纤夫十多人。龚自珍抵淮浦，目睹此景，内心有很大震动。故在诗中写道：一艘船需十多位纤夫，那一千艘船又需多少人的劳力啊，而自己亦曾在北京消耗过官仓的粮食，夜闻纤夫吆喝的号子声，禁不住涕泪滂沱。从龚自珍的思想与为人看，无疑是有替百姓而悲的感情境界的，但将此情形容到“泪滂沱”的程度，又未免失真。韦应物有诗云：“邑有流亡愧俸钱。”（《寄李儋元锡》）龚自珍在听拉纤的号子声时所产生的，应当是与韦应物相类似的惭愧之情。他之所以要写成“泪滂沱”，显然是因为这三字既现成又合韵（龚诗前此有“夜思师友泪滂沱”句），因而也不顾诗意了。

在诗歌创作中，和韵之作最会犯迁意就韵的毛病，而和韵之作中，次韵的形式更易出现因韵害意的情况。因为次韵诗必须步原作的韵，不能更换，故有时就不免要凑韵了。前举苏轼的诗便如此。又如陈师道的《次韵夜雨》诗：

暗雨来何急，寒房客自醒。
骤看灯闪闪，拟对竹青青。
声到江干失，风回叶上听。
更长那得晓，攲侧想仪刑。

尾句的“仪刑”，意为法式、楷模，与“攲侧”有何关联呢？所以纪昀批曰：“结趁韵。”（《瀛奎律髓刊误》）

当然，我们反对迁意就韵，并不是鼓励人们为意而弃韵。诗歌创作是一门戴着镣铐跳舞的艺术，束于韵而又能达其意，这正是诗人应当追求的目标。

矜情作态

陶渊明《饮酒》诗中的“采菊东篱下，悠然见南山”二句，历来被评为“静穆”“淡远”，获得很高的声誉。可是宋朝的不少陶诗版本，都将“见南山”作“望南山”。为此苏轼很不满意地说，改此一字，“觉一篇神气索然也”(《苕溪渔隐丛话》引)。采菊东篱下，悠然见南山，则本自采菊，无意望山，偶然间抬起头来，自光恰与南山相会，故悠悠忘情，闲远自得。而以意无所属的“见”字易为目有定视的“望”字，正如蔡居厚所云：“便有褰裳濡足之态矣。”(《蔡宽夫诗话》)“褰裳濡足”，就是撩起衣服过水，比喻有意为之，矜情作态，这自然就破坏了原诗的神理意趣。苏轼以为一字之误，关系到一篇之神，并非夸大其词。

苏轼能如此敏锐地发现“望南山”之误，却未能使自己的作品完全摆脱矜情作态的毛病。试看他的《寄邓道士》诗：

一杯罗浮春，远饷采薇客。

遥知独酌罢，醉卧松下石。
幽人不可见，清啸闻月夕。
聊戏庵中人，空飞本无迹。

这首诗前有一小引，交代此乃依韦应物《寄全椒山中道士》韵，寄给罗浮山道士邓守安的。苏轼颇喜欢陶渊明与韦应物的诗，有不少追和与摹拟之作。洪迈曾云，坡公天才，出语惊世，他的和陶渊明诗，可以与之并驾齐驱，唯独和韦应物的这首诗，比之为不侔。为什么比不上呢？洪迈只含糊地说："岂非绝唱寡和，理自应尔邪！"（《容斋随笔》卷十四）倒是清人施补华在《岘佣说诗》中作了分析："《寄全椒山中道士》一作，东坡刻意学之而终不似。盖东坡用力，韦公不用力；东坡尚意，韦公不尚意，微妙之诣也。"不妨将韦诗抄录于此：

今朝郡斋冷，忽念山中客。
涧底束荆薪，归来煮白石。
欲持一瓢酒，远慰风雨夕。
落叶满空山，何处寻行迹？

比较两诗，韦诗空灵超妙，一片神行，沛然如肺腑中流出；而苏诗极意经营，矜情作态，像"遥知""醉卧""幽人""本无迹"等词语，都是竭力用来表现邓道士的，用心虽苦，结果却露

出斧凿痕迹。实际上刘勰早就告诫过我们:“率志委和，则理融而情畅；钻砺过分，则神疲而气衰。”(《文心雕龙·养气》)

唐僧释子兰的《华严寺望樊川》诗也显然是一首矜情作态之作：

万木叶初红，人家树色中。
疏钟摇雨脚，秋水浸云容。
雪碛回寒雁，村灯促夜舂。
旧山归未得，生计欲何从?

律诗的通常作法，中间两联，一联景，一联情。此诗未作拘泥，中四句全言景，尾句以情缴之，这种写法也无不可。然作者或许又觉得，只结句言情，终嫌薄弱，于是便转从字面上用力，以作弥补。“生计欲何从”句，自然是加重了读者对“疏钟摇雨脚，秋水浸云容。雪碛回寒雁，村灯促夜舂”那种清苦之意的感受，然为僧者，一瓶一钵足矣，虑及“生计”，心地何以超然?诗人矫揉造作，矜情作态，反破坏了全诗的韵味。

讥诮失度

“诗可以怨”是孔子肯定的诗歌的一种批判作用。诗如何怨？传统诗教要求是怨而不怒，温柔敦厚。然而也有不同的观点，如宋人黄彻就曾言：“忠臣义士，欲正君定国，惟恐所陈不激切，岂尽优柔婉晦乎？”（《碧溪诗话》）温厚也好，激切也好，我觉得不必强求一律。温厚而寓锋芒，激切而含情韵，都不失为佳作。在创作中倒是讥诮的尺度要注意把握，不少讽刺之作常因流于尖酸刻薄或怨忿怒骂而堕入恶趣，失去了应有的批判性，不妨各举一例。先看李商隐的《华清宫》诗：

华清恩幸古无伦，犹恐蛾眉不胜人。
未免被他褒女笑，只教天子暂蒙尘。

此诗以曲笔反映安史之乱，讥刺唐玄宗迷色误国，致有奔蜀之祸。开端“华清恩幸”四字，写杨贵妃因色得宠。据《旧唐书·杨贵妃传》载："玄宗每年十月幸华清宫，国忠姊妹五家扈从，每家为一队，著一色衣，五家合队，照映如百花焕发，遗钿堕舄，瑟瑟珠翠，璨瓓芳馥于路。"如此宠幸自然"古无伦"。诗人又接着写道：杨妃之倾城还不免要遭到褒姒的嘲笑，因为周幽王宠褒姒的程度是身死国亡，而唐玄宗宠杨妃的程度还仅是暂时出逃在外，未丢社稷。全诗虽婉曲多讽，然出语过于轻佻刻薄，故品位不高。所以沈德潜批评说："义山长于风谕，工于征引，唐人中另开一境。顾其中讥刺太深，往往失于轻薄。"（《唐诗别裁》）再看南宋绍兴年间太学生的《南乡子》词：

洪迈被拘留，稽首垂哀告彼酋。一日忍饥犹不耐，堪羞！苏武争禁十九秋？　　厥父既无谋，厥子安能解国忧？万里归来夸舌辩，村牛！好摆头时便摆头。

此词讽刺洪迈出使金国时丧志辱节。宋高宗绍兴三十二年（1162），洪迈出使金国，入境时与同行相约用"敌国礼"见金主，故沿途表章皆不著"陪臣"。金人以其所上国书"不如式"，将他封锁在使馆，断供水浆。仅不得食者一日，迈便屈服，易表章授之。词上片将洪迈与出使匈奴被拘、忍饥受寒十九载犹不变节的苏武相比，以见其之"堪羞"，写得还颇快慰人意。然下片便讥诮失度。首先讥刺洪迈而连带其父已属过分，何况洪迈的父亲洪皓是个有气节的大臣。他出使金国时被扣留十数年，虽受尽艰辛，但忠贞不屈，宋高宗曾称他“虽苏武不能过”（《宋史·洪皓传》）。其回南宋后，因揭露秦桧昔年叛变的隐情，被秦桧逐出朝廷，死于贬谪途中。其次下“村牛”（即蠢牛）一词直接谩骂，又失诗味。最后又从其生理缺陷挖苦（据《鹤林玉露》载，洪迈素有风疾，脑袋常不由自主地摆动），虽语涉双关，却趣味庸俗低下。这样的作品虽可逞一时快意，但也失去了它应有的讽刺效果，正如鲁迅曾指出的：“辱骂和恐吓决不是战斗。”所以黄庭坚告诫说：“诗者，人之情性也。非强谏争于廷，怨忿垢于道，怒邻骂座之为也。”（《书王知载朐山杂咏后》）

使事深晦

王国维在《人间词话》中，一方面批评吴伟业的《圆圆曲》等歌行“非隶事不办”，一方面又对叠用五事的辛弃疾的《贺新郎·别茂嘉十二弟》大加赞赏，认为“此能品而几于神者”。我觉得，此非自相矛盾，而是王国维着眼于使事的高下优劣在进行评判。吴伟业的《圆圆曲》用事过深，颇有令人费解处。辛弃疾的《贺新郎》虽广征古事言离别之恨，但经过形象的描绘与气氛的渲染，既使人容易理解，又给人强烈感受。由此可以看出，王国维并不反对用典，而是不满于使事的深晦。

使事深晦与否，全在诗人的运用，与典故本身无关。如黄庭坚的《演雅》诗中有这样一句：“春蛙夏蜩更嘈杂。”语出晋人杨泉《物理论》：“虚无之谈，尚其华藻，此无异于春蛙秋蝉，聒耳而已。”杨泉此书不为读书人习见，按理说是个生僻的典故，然而不注引出处，也无碍我们的理解。相反，若诗人使事不当，有些耳熟能详的典故倒会使人窅窅莫测其所指。试看李商隐的《谒山》诗：

从来系日乏长绳，水去云回恨不胜。
欲就麻姑买沧海，一杯春露冷如冰。

诗的前两句很易读懂。三、四句用了两个典故，一是《神仙传》卷七麻姑对王方平所说的话："接待已来，已见东海三为桑田。向到蓬莱，水又浅于往昔，会时略半也，岂将复还为陵陆乎？"二是《三辅黄图》引《庙记》："神明台，武帝造，祭仙人处，上有承露盘，有铜仙人，舒掌捧铜盘玉杯，以承云表之露，以露和玉屑服之，以求仙道。"这两个典故并不生僻，常为唐代诗人所用，前者如"节物风光不相待，桑田碧海须臾改"（卢照邻《长安古意》）；"金堂玉阙朝群仙，拍手东海成桑田"（孟云卿《行路难》）。后者则以李贺的《金铜仙人辞汉歌》最具代表性。然而同样的典故，用到李商隐的诗中，就变得深奥隐晦了，令人不明白他究竟表现的是怎样的思想感情。所以朱彝尊在称赞此诗"想奇极矣"的同时，又有"不知何所为"之憾（见《李义山诗集》沈厚塽辑评本）。就连学问深博的纪昀也不得不承认"未解其旨"（《玉溪生诗说》）。有些人曾自负其才为之解说，但都经不起推敲。如冯浩认为："谒山者，谒令狐也。次句身世之流转无常，三句陈情，四句相遇冷淡也。"（《玉溪生诗集笺注》）说谒山就是谒令狐绹，是出于臆想，毫无事实依据，以下的解说当然也是附会穿凿了。又如何焯认为："一杯春露，指武帝承露盘，言千年之乐尚不能得，安能买沧海乎？"（见《李义山诗集》沈厚塽辑评本）以"千年之乐尚不能得”来解释“一杯春露冷如冰”，也让人有勉强凑合之感。毛奇龄曾说李商隐诗“皆在半明半暗之间”（《西河合集》），此话虽是以偏概全，却也道出了其诗用意过深、用词过晦的事实，而这种弊病又主要是在使事时产生的，所以元好问要发出“诗家总爱西昆好，独恨无人作郑笺”（《论诗三十首》）的感叹。

情意直露

诗歌作品要使味之者无极，闻之者动心，抒情表意必须深婉曲折。从欣赏心理来说，想象是在情境不明确的认识阶段上发生作用的。情境越是清晰，它为想象提供的活动场所也越小。情意直露，铺陈无余，自然就剥夺了读者思索、想象与再创造的空间。因此从刘勰的《文心雕龙》，到司空图的《二十四诗品》，到严羽的《沧浪诗话》，乃至明清两代的各种著述，都将诗歌的平直浅露视为大忌。试看有关这方面的批评：

“中唐人诗‘死是战士死，功是将军功’，视此（‘功成画麟阁，独有霍嫖姚’），便觉太尽。”（《李杜诗通》）

“贯休之‘故国在何处？多年未得归’，不若司马扎‘芳草失归路，故乡空暮云’。两相比较，浅薄深婉自见。”（《葚原诗说》）

“有妓与人赠别云：‘临歧几点相思泪，滴向秋阶发海棠。’情语也。而庄荪服太史《赠妓》云：‘凭君莫拭相思泪，留着明朝更送人。’说破，转觉嚼蜡。佟法海《吊琵琶亭》云：‘司马青衫何

必湿，留将泪眼哭苍生。’一般杀风景语。”（《随园诗话》）

但尽管含蓄婉转是中国古典诗歌的美学传统，可我们也发现，由于直说实说颇能取快唇吻，故很少有诗人能始终恪守住这条艺术准则的，连杜甫亦不例外。试看其《解闷十二首》之十二：

侧生野岸及江浦，不熟丹宫满玉壶。
云壑布衣鲐背死，劳人害马翠眉须。

杜牧有同意之作云：“长安回望绣成堆，山顶千门次第开。一骑红尘妃子笑，无人知是荔枝来。”（《过华清宫绝句》）两诗都是写玄宗因杨贵妃嗜食荔枝而置骑传送，走数千里之事。两相比较，杜甫诗从实写来，由荔枝的产地写到它的入宫，末以“劳人害马”加以直斥；杜牧诗空际着墨，先从骊山楼台花木之美引出“一骑红尘”，进而以“妃子笑”“荔枝来”点题。毋庸讳言，前者直陈其事，直抒己见，缺乏余韵远致，一览便尽；后者深婉曲折，欲露不露，内蕴深邃，意味悠长。当然杜牧诗亦未尝无失，如其《赠别二首》之二：

多情却似总无情，唯觉樽前笑不成。
蜡烛有心还惜别，替人垂泪到天明。

诚如张戒所云：“意非不佳，然而词意浅露，略无余蕴。”

(《岁寒堂诗话》)

欲救情意直露之失，不外从方法与技巧两个方面着手。方法者，寄言也，即赵执信所谓“言见于此而起意在彼”(《谈龙录》)。如柳宗元《江雪》:“千山鸟飞绝，万径人踪灭。孤舟蓑笠翁，独钓寒江雪。”诗人的思想感情全寄寓于渔翁形象中，令人于题外遐想悠远。技巧者，曲笔也，即清人吴乔所谓“诗意大抵出侧面”(《围炉诗话》)。如杜甫《月夜》:“今夜鄜州夜，闺中只独看。遥怜小儿女，未解忆长安。香雾云鬟湿，清辉玉臂寒。何时倚虚幌，双照泪痕干。”不写己之在长安思家，而是遥想妻在鄜州看月光景，并念及儿女之不能思。通首无一笔着正面，读来情味无穷。

玩弄叠字

所谓叠字，是指两个相同的字重叠而成一个词。以叠字摹声，可使声感更强烈；以叠字状貌，可使形象更生动；以叠字传情，可使感情更入神，因而这一修辞手法为诗人所乐用。《诗经》中叠字已很普遍，如以“灼灼”状桃花之鲜，“依依”尽杨柳之貌，“杲杲”为出日之容，“瀌瀌”拟雨雪之状，“喈喈”逐黄鸟之声，“喓喓”学草虫之韵。对此刘勰给予了“情貌无遗”的高度评价（见《文心雕龙·物色》）。不过任何事都得有个“度”，叠字固然可加强诗歌的艺术表现力，但用得过分，失却自然妥帖，反使读者生厌。试看唐代诗僧寒山的两首诗：

杳杳寒山道，落落冷涧滨。
啾啾常有鸟，寂寂更无人。
淅淅风吹面，纷纷雪积身。
朝朝不见日，岁岁不知春。

（《杳杳寒山道》）

独坐常忽忽，情怀何悠悠。
山腰云缦缦，谷口风飕飕。
猿来树袅袅，鸟入林啾啾。
时催鬓飒飒，岁尽老惆惆。
（《独坐常忽忽》）

以上两首诗每句都用叠字，前一首全出现在句头，后一首全安排在句尾，可见诗人在创作中费了一番心思。但从总体来看，这些叠字并未使诗篇增添格外动人的力量，反因受叠字所限，句调句式只能相同一致，读来反感单调乏味。再看韩愈《南山诗》中的一段：

延延离又属，夬夬叛还遘。
喁喁鱼闯萍，落落月经宿。
訚訚树墙垣，巘巘架库厩。
参参削剑戟，焕焕衔莹琇。
敷敷花披萼，闟闟屋摧霤。
悠悠舒而安，兀兀狂以狃。
超超出犹奔，蠢蠢骇不懋。

一口气连用了十四句叠字，读来颇感累赘，令人明显地感到这是诗人的恃才弄巧，刻意安排。

使用叠字要泯去人工痕迹，达到顾炎武所说的“复而不厌，赜而不乱”（《日知录》）之境界，关键在能切合诗情。试比较下面二例：

> 寻寻觅觅，冷冷清清，凄凄惨惨戚戚。乍暖还寒时候，最难将息。三杯两盏淡酒，怎敌他、晚来风急。雁过也，正伤心，却是旧时相识。
>
> （李清照《声声慢》上阕）

> 莺莺燕燕春春，花花柳柳真真，事事风风韵韵。娇娇嫩嫩，停停当当人人。
>
> （乔吉《天净沙》）

李清照词开端的十四个叠字，虽出于用心安排，但却给人信手拈来之感。其原因就在这些叠字全是为抒情服务的。丈夫远别，如有所失，故“寻寻”。寻寻不见，心中仍未信其别，故又“觅觅”。觅无所得，则信矣，始有“冷冷清清”之感。冷清之感渐蹙而凝于心，故“凄凄”。凝于心而不堪任，故继之以“惨惨”。惨惨之情不能忍，故终之以“戚戚”。作者所处凄寂冷清之境，所怀愁苦难堪之情，正是由这些叠字传神地表达了出来。而乔吉的《天净沙》便不顾曲情是否需要而滥用叠字，致使作品流于轻佻，如同在做文字游戏。

半字同文

“半字同文”，是刘勰在《文心雕龙·练字》中拈出的一种创作弊病，它指一个句子多用偏旁部首相同的字组成。《莲堂诗话》所载“潘游洪沈泛瀛洲，绛绎绘维绾纶绮”一联便属此类。由于都是同偏旁部首的字相联，所以“半字同文”又有“联边”之称。这种句子之所以为病，一是因为接连的几个字在形状上有一半雷同，便缺乏字形变化的美，给人以单调累赘之感。二是在于汉字的偏旁部首大多有一定的表意性，同属一部的字连用多了，便会限制语义与意象的扩展。试看黄庭坚的《戏题》诗：

逍遥近道边，憩息慰惫懑。
晴晖时晦明，谑语谐说论。
草莱荒蒙茏，室屋壅尘坌。
仆僮侍偪侧，泾渭清浊混。

全诗八句，每句各由偏旁部首相同的字组成。首句全联“辶”，次句全联“心”，写在路旁休息以消除疲劳。三句均属“日”，四句均属“言”，说阳光或明或暗，大家谈谈笑笑。五句都用“艸”，六句都用“土”，言杂草遍地，灰尘堆屋。七句同偏“人”，八句同偏“水”，以僮仆侍候在旁、人品清浊相混为结。通篇仅以联边为巧，在思想与艺术性上毫无可取之处。当然，诗人称为“戏题”，说明只是游戏为之，故也不必深怪。与刘勰一样，我们所要批评的是诗人在创作中因忽视练字而导致的“联边”之病。韩愈的《陆浑山火一首和皇甫湜用其韵》便如此。诗有这样二句：

鸦鸱鹛鹰雉鹄鹍，燖炰煨爊孰飞奔。

前句七字中有六字以“鸟”联边，后句七字中有四字部首同“火”。诗人是想通过飞禽走兽均被山林大火烧死来说明火势的延烧之盛，但这一意思完全可以概括说出而不必一一列举。事实上山中飞禽并不限于这些，被烧死的情状也还有燔、煔、炙、熏等，即使写得再详细，也无法将其穷尽。试再看二例：

鳗鳣鲇鳢鳅，涎恶最顽愚。（卢仝《观放鱼歌》）

岷峨之山中巴江，桂椒柟栌枫柞樟。（陈师道《赠二苏公》）

二诗所犯的毛病与韩愈相同，令人读后有一种在读字典“鱼”部与“木”部的感觉。卢仝和陈师道都是学韩愈，不过韩愈并不是始作俑者。以诗而言，最早可追溯到汉代《柏梁诗》的“柱枅欂栌相枝持，枇杷橘栗桃李梅”。此种句法的形成，乃是受到汉赋的影响。汉赋在描状物色中每每用夸饰铺陈之笔，涉及山、石、水、草、木等物时，各自的偏旁部首就易成联边。刘勰指出：“联边者，半字同文者也。状貌山川，古今咸用，施于常文，则龃龉为瑕，如不获免，可至三接，三接之外，其字林乎！”（《文心雕龙·练字》）这告诉我们，“半字同文”虽有时在所难免，但在一般诗文中最多只可连用三字，三字以外，理应求变，不然就要成为字书了。

以丑为美

美与丑之间存在着绝对与相对的关系。美不同于丑，丑不同于美，这是它们的绝对性；美中或带丑，丑中或含美，这是它们的相对性。美与丑互相糅杂、渗透乃至可以互相转化的特征，正是诗家“化丑为美”的依据。如白居易的《长恨歌》，在表现君王奢欲的生活之丑时，经过一番艺术处理，实际生活中重色轻国的唐玄宗与娇媚恃宠的杨贵妃在作品中就具有了审美价值，因而能够被千百年来的人们所欣赏。

虽然，在自然中一般人所谓的丑，在艺术中能变成非常的美，但是也并不是任何丑恶的事物都能转化为美的，这之间有着一定的条件制约，即被表现的对象是否具备审美特性。鲁迅先生曾经说:“没有谁画毛毛虫，画癞头疮，画鼻涕，画大便。”(《半夏小集》) 为什么呢？就是因为这些事物不具备美的属性。可是有些诗人偏偏无视这个条件，如韩愈《病中赠张十八》诗的“中虚得暴下”，便是写自己因拉肚子而感腹中空虚。这样的诗句有何美感可言？再看梅尧臣的《八月九日晨兴如厕有鸦啄蛆》诗：

飞乌先日出，谁知彼雌雄。
岂无腐鼠食，来啄秽厕虫。
饱腹上高树，跋觜噪西风。
吉凶非予闻，臭恶在尔躬。
物灵必自洁，可以推始终。

将早晨上茅房，看见有乌鸦正在啄粪蛆的事也写进了诗中，令人读后像有一种吃了一只死苍蝇的感觉。此类内容在梅尧臣的诗集中还真不少，如《扪虱得蚤》写在身上摸虱子，却摸到了一只跳蚤；又如《四月二十八日记与王正仲及舍弟饮》，写几人聚餐后得了霍乱，吐泻不止。总之与诗无缘的丑恶事物他都能写入诗中。或许他是为了纠正西昆体脱离现实的诗风而专以身边琐事为题材，但却矫枉过正，想从坑里跳出来，不小心又恰恰掉到井里去了。

西方美学家克罗齐曾经指出："丑先要被征服，才能收容于艺术。"（《美学原理》）这告诉我们，对丑的事物若仅仅是按照美的法则加以表现而不能揭示其本质，依旧不能化丑为美而只能是以丑为美。李商隐的《药转》便是很好的例证。其诗如下：

郁金堂北画楼东，换骨神方上药通。

露气暗连青桂苑，风声偏猎紫兰丛。
长筹未必输孙皓，香枣何劳问石崇。
忆事怀人兼得句，翠衾归卧绣帘中。

参考古人的注释笺解，此诗乃是写某贵家侍婢于厕中以药堕胎。首句点明厕所所在。次句谓饮药堕之（“换骨”为道家语，指堕胎）。颔联说此事于风露之夜秘密进行。颈联所用孙皓长筹、石崇香枣典均与如厕有关，暗言私婴弃厕中。尾联是事毕归卧困怠之状。全诗词藻不可谓不雅丽，对仗不可谓不工整，结构不可谓不严密，用典不可谓不妥帖，但诗人立意何在呢？读者感受到的仅仅是一个血淋淋的堕胎过程，对此，任何人只会产生恶感而不可能是美感。

淡而无味

周济在《介存斋论词杂著》中评温庭筠、韦庄、李煜的词时说:“毛嫱、西施,天下美妇人也,严妆佳,淡妆亦佳,粗服乱头,不掩国色。飞卿,严妆也;端己,淡妆也;后主,则粗服乱头矣。”其不以浓淡而有所抑扬,颇为公允;然将李后主词喻为粗服乱头,又未免失当。正如袁枚所指出的:“匪沐何洁?匪熏何香?西施蓬发,终竟不臧。”(《续诗品》)李后主之词,乃极炼如不炼、出色而本色、人籁悉归天籁,故仍属有妆,并非粗服乱头者。

在周济之前,不少诗人也有过类似的误解,以为淡者无须再“妆”,任其粗服乱头,致使他们的诗往往浮浅枯槁,淡而无味。试看白居易诗:

门有医来往,庭无客送迎。
病销谈笑兴,老足叹嗟声。
鹤伴临池立,人扶下砌行。

脚疮春断酒，那得有心情。

（《病疮》）

何处难忘酒，天涯话旧情。

青云俱不达，白发递相惊。

二十年前别，三千里外行。

此时无一盏，何以叙平生？

（《何处难忘酒》）

前诗写因脚生疮而心情不佳，后诗写逆旅穷交而钟情于酒，皆无难字僻句及华辞丽藻，淡是淡了，却毫无余蕴可言。原因何在呢？就在于诗人误以浅近为平淡，不经意、不费力，故流于直致率易。再看梅尧臣诗：

汲井辘轳鸣，寒泉碧瓮盛。

欲为三伏美，方俟十旬清。

漫忆黄公舍，徒闻韦氏名。

熟时梅杏小，独饮效渊明。

（《腊酒》）

北客多怀北，庖羊举玉卮。

吾乡虽处远，佳味颇相宜。

沙水马蹄鳖，雪天牛尾狸。

寄言京国下，能有几人知？

（《宣州杂诗》之十六）

梅尧臣很不满当时的西昆诗风，故于创作中每每以平淡矫浮艳。其佳作可谓朱弦疏越，淡而有味，正如苕溪渔隐所称："圣俞诗工于平淡，自成一家。"（《苕溪渔隐丛话》）但是他也有不少作品因求自然直寻而忽略于锻炼，从而显露出平沓与枯瘠。如以上两首诗，就既不见精深之用意，亦不见运笔之变化，使人感受不到诗意。

葛立方曾指出："大抵欲造平淡，当自组丽中来，落其华芬，然后可造平淡之境。"（《韵语阳秋》）这告诉我们，淡非果淡，乃天下至味，并当于烹炼中追求。陶渊明诗之所以有"外枯而中膏，似淡而实美"（《题柳子厚诗》）之誉，即在于是由精深而归于平淡。试看他的《饮酒》诗：

结庐在人境，而无车马喧。

问君何能尔？心远地自偏。

采菊东篱下，悠然见南山。

山气日夕佳，飞鸟相与还。

此中有真意，欲辨已忘言。

精微的结构，高远的意境，深邃的哲理，都在不著一色、清简纯朴的描写中，故全诗看似平淡而见深远，看似自然而呈风骨。

词气烦絮

据释惠洪《冷斋夜话》载，白居易每作诗，总要问一问老妪。若老妪说可解，就作定稿；若老妪说不懂，则重新改定。此事一直被作为文学佳话而传说。作诗欲使老妪尽解，从白居易的主观愿望看，是希望自己的诗浅近平易，这当然值得赞赏，然而这同时也给白诗带来了词气烦絮之病。施补华就曾批评过白居易《琵琶行》中“我从去年”一段“嫌繁冗，如老妪向人谈旧事，叨叨絮絮，厌渎而不肯休也”(《岘佣说诗》)。翻开白居易诗集，拖沓累芜之作时时可见。试看一首《晚岁》诗：

壮岁忽已去，浮荣何足论。
身为百口长，官是一州尊。
不觉白双鬓，徒言朱两轓。
病难施郡政，老未答君恩。
岁暮别京洛，年衰无子孙。

惹愁谙世网，治苦赖空门。
揽带知腰瘦，看灯觉眼昏。
不缘衣食系，寻合返丘园。

既言“白双鬓”，则“壮岁”自然“已去”；既云“病难施郡政”，则仍在官位的“一州尊”只是徒具形式罢了；既讲“年衰”，那么“腰瘦”“眼昏”自然接踵而至，何必敷演如斯？因此删掉前四句和“惹愁”以下四句，亦未尝不括全诗之意。再看一首《阿崔》诗：

谢病卧东都，羸然一老夫。
孤单同伯道，迟暮过商瞿。
岂料鬓成雪，方看掌弄珠。
已衰宁望有，虽晚亦胜无。
兰入前春梦，桑悬昨日弧。
里闾多庆贺，亲戚共欢娱。
腻剃新胎发，香绷小绣襦。
玉芽开手爪，酥颗点肌肤。
弓冶将传汝，琴书勿坠吾。
未能知寿夭，何暇虑贤愚。
乳气初离壳，啼声渐变雏。
何时能反哺，供养白头乌？

此诗是白居易五十八岁时为儿子阿崔初生所作。可能是暮年得子，过于高兴，便拉拉杂杂一路写来，让人感到啰嗦拖沓得很。实际上如此铺衍，仍难写尽。我们不妨动个手术，删去一半：

谢病卧东都，羸然一老夫。
孤单同伯道，迟暮过商瞿。
岂料鬓成雪，方看掌弄珠。
已衰宁望有，虽晚亦胜无。
腻剃新胎发，香绷小绣襦。
何时能反哺，供养白头乌？

这样既使全诗的主旨鲜明，亦避免了芜杂冗长，读后自有一种通体老健、一气呵成之感。

张戒在《岁寒堂诗话》中指出：白居易诗长处在于“状难写之景，如在目前”，短处在于“其词伤于太烦，其意伤于太尽，遂成冗长卑陋尔”。对于自己作品的短处，白居易也有所认识。他曾在与元稹的《和答诗十首序》中说：“足下来序，果有词犯文繁之说，今仆所和者，犹前病也。待与足下相见日，各引所作，稍删其烦而晦其义焉。”此序写于元和五年（810），白居易当时三十九岁，但啰嗦累芜之病在白居易以后的创作中并未得到克服，看来已到了旧习难移的程度了。

语意重出

《杨公笔录》中录有这样一句诗："一个孤僧独自行。"《广笑府》中也录有一句与之性质颇同的诗："关门闭户掩柴扉。"语意如此重出，自然要为人们所嘲。不过，我们别以为这种诗句只有在笔记小说里才能读到，在一些大诗人的笔下，有时也会出现诸如此类的可笑诗句，如杜甫《哀江头》诗中的"同辇随君侍君侧"，既说"同辇"，又说"随君"，再说"侍君侧"，一事重复三次，其病正同。

相对而言，语意重复出现在某一句诗里的情况还毕竟少见，它往往较多出现在诗的上下对句中。如张华《杂诗》："游雁比翼翔，归鸿知接翮。"雁与鸿同是鸟类，"比翼"也即"接翮"的意思。又如刘琨《重赠卢谌》："宣尼悲获麟，西狩泣孔丘。""宣尼"与"孔丘"都是指孔子，"获麟"与"西狩"说的是同一件事。所以刘勰在《文心雕龙·丽辞》中把这种现象比喻为"对句之骈枝"。如果说，以上两首诗是近体诗创作的前期之作，尚可原谅的话，那么，在近体诗成熟之后，还发生这种意重一联的合掌现象，则须予以指责了。下面二例便如此：

征蓬出汉塞，归雁入胡天。（王维《使至塞上》）

暮蝉不可听，落叶岂堪闻。（郎士元《送别钱起》）

前一例的“出汉塞”与“入胡天”；后一例的“不可听”与“岂堪闻”，都是语异而意重。诗有此病，我想不外两个原因，一是思致浅竭，强捏成句；二是漫不经心，失于点检。再如杜甫的《奉赠韦左丞丈二十二韵》诗中有这样一联：

今欲东入海，即将西去秦。

“今欲”不就是“即将”吗？“东入海”不就是“西去秦”吗？也是犯了上下句同出一意的毛病。就杜甫而言，完全能使他所有的诗达到句相系属而语不重复，不知何以在此如此率意。

有些诗虽上下句同意重复，却不易为人发现，试看李商隐的《鄠杜马上念汉书》诗：

世上苍龙种，人间武帝孙。
小来惟射猎，兴罢得乾坤。

渭水天开苑，咸阳地献原。
英灵殊未已，丁傅渐华轩。

初读此诗，真有冯浩所说“诗意精切”(《玉溪生诗集笺注》)之感，而细加思索，觉首联便意涉复叠。我国的传统观念认为，帝王是龙种，帝王的后裔是龙子龙孙。因此既已云“人间武帝孙”，自然便属“世上苍龙种”了，又何必费辞如此！

语意重出有时还出现在诗的相隔之句，试看李白的《赠孟浩然》诗：

吾爱孟夫子，风流天下闻。
红颜弃轩冕，白首卧松云。
醉月频中圣，迷花不事君。
高山安可仰，徒此揖清芬。

前已云“红颜弃轩冕”，后再云“迷花不事君”，令人颇感滞累，而这一失误是完全可以避免的。

援古牵强

援引古事乃诗家一法。当诗人有幽隐复杂的情事难以表达时，借用古事以相发明，可得意简言赅、情态毕出之效。不过，诗人在借彼之意，以言己之情中，要获得这一境界，首先须注意到引得的确，用得恰当，而这一点却常被一些诗人所疏忽。试看温庭筠的《马嵬驿》诗：

穆满曾为物外游，六龙经此暂淹留。
返魂无验青烟灭，埋血空成碧草愁。
香辇却归长乐殿，晓钟还下景阳楼。
甘泉不得重相见，谁道文成是故侯？

马嵬驿是唐玄宗赐死杨贵妃处，诗的第四句“埋血空成碧草愁”，借“苌弘血”的故事写杨妃。苌弘是春秋时周王室大臣刘文公所属大夫，因遭谮而被放归蜀，自恨忠而蒙冤，遂刳肠而死，其血三年化为碧玉。可以看出，诗人用此典寄予了对杨妃的同情。然而杨妃之死虽有令人同情处，但毕竟不能与有志之士的抑郁而终相提并论，所以此事用于此并不妥帖。

叶梦得曾为援古牵强之病开过一个药方，即“必至于不得不用而后用之，则事辞为一，莫见其安排斗凑之迹”（《石林诗话》）。确实，用事而不切文情，往往与诗人滥用自夸以矜其博有关。黄庭坚是一个“宁不工而不肯不典”（赵翼《瓯北诗话》）的诗人，所以他的作品的用典常有生吞活剥的情况发生。试看他的《清明》诗：

佳节清明桃李笑，野田荒垅自生愁。
雷惊天地龙蛇蛰，雨足郊原草木柔。
人乞祭余骄妾妇，士甘焚死不公侯。
贤愚千载知谁是，满眼蓬蒿共一丘。

寒食在清明的前两天，咏清明而及寒食，自无不可。传说寒食节为纪念介子推的，所以诗的第六句便援引了介子推有功不愿受禄、焚死绵山的故事。而与此句相对的“人乞祭余骄妾妇”，用《孟子·离娄》中齐人墦间乞食的故事，我们却看不出与清明或寒食有什么关系。如果诗人只是泛言清明所见，那又怎知其必骄妾妇呢？很显然诗人只管拿来，全不顾是否切合文情。黄庭坚的词亦常有此病，试看一首《忆帝京》：

薄妆小靥闲情素，抱著琵琶凝伫。慢撚复轻拢，切切如私语。转拨割朱弦，一段惊沙去。　　万里嫁、乌孙公主。对易水、明妃不渡。泪粉行行，红颜片片，指下花落狂风雨。借问本师谁，敛拨当心住。

此词是赠给弹琵琶的歌妓的。过片以乌孙公主及王昭君远嫁异域以琵琶传怨的故事，来形容弹琵琶妓所奏出的悲苦之音，应属恰当。但诗人又在王昭君马上琵琶的故事中，扯进荆轲刺秦，众人送至易水，高渐离击筑悲歌的故事，且不说文辞不通，于乐器也不合。如此用典，怎不让人感到牵强可笑呢！

明白断案

李商隐《贾生》诗云："宣室求贤访逐臣，贾生才调更无伦。可怜夜半虚前席，不问苍生问鬼神。"这首咏史诗写汉文帝殷切求贤，得才调无伦之贾生，虚心垂询，凝神倾听，以至不知膝之前于席。然他并不是求国事民生之计，而是问鬼怪神灵之事。此诗的主旨很明显，一是讽刺文帝的有才而不知用，二是慨叹自己的怀才而不见用，但作者通篇未作一断语，全以唱叹出之，因而意蕴丰厚，情韵深长，成为千古传诵的名篇。

与李商隐的有案无断之法相反，有些诗人在咏史时，唯恐读者不解己意，往往明白断案，当然他们的作品也就缺乏诗歌特有的艺术魅力与反复吟咏寻味的效果。试看王安石的《商鞅》诗：

自古驱民在信诚，一言为重百金轻。
今人未可非商鞅，商鞅能令政必行。

这首诗的立论不可谓不新颖，辞锋不可谓不犀利，然读来总觉新警有余而含蕴不足，原因就在诗人把咏史当作论史，明白断案，故全诗如同一篇短论。又如章碣的《焚书坑》诗：

竹帛烟销帝业虚，关河空锁祖龙居。
坑灰未冷山东乱，刘项原来不读书。

此诗的尾句快心露骨，将自己对历史人事的见解直白白地告诉了读者，所以沈德潜要把此句与曹松《己亥岁》的“一将功成万骨枯”共斥为“粗诗”（见《唐诗别裁》）。

王夫之曾指出：“诗有叙事叙语者，较史尤不易。史才固以隐括生色，而从实著笔自易。诗则即事生情，即语绘状，一用史法，则相感不在永言和声之中，诗道废矣。”（《古诗评选》）这是说，以诗咏史，要能即事生情，即语绘状，一旦以史法从实著笔，诗道便废。这方面教训最为深刻的，恐怕要算是唐代诗人胡曾了。其所作绝大部分是咏史诗，但基本上都是一些黏着一事，从实著笔，明白断案之作，所以常为诗论家所讥讽。不妨录《咏史诗》中两首：

新建阿房壁未干，沛公兵已入长安。
帝王苦竭生灵力，大业沙崩固不难。
（《阿房宫》）

项籍鹰扬六合晨，鸿门开宴贺亡秦。

樽前若取谋臣计，岂作阴陵失路人。

（《鸿门》）

就事论事，发露无余，完全丧失了诗的抒情特性。移用沈德潜《说诗晬语》中的话来说，就是“此史论，非诗格也”。

当然，我们既要批评咏史诗的明白断案，也要反对另一个极端，即故作隐晦。司空图《南北史感遇十首》（其八）诗：“佳人自折一枝红，把唱新词曲未终。惟向眼前怜易落，不如抛掷任春风。”其究竟是咏的什么事，实在难解。谢枋得曾以为“此诗谓梁武帝舍身入寺而作也”（《注解章泉涧泉二先生选唐诗》），但我们横竖联系不上。这样的诗，读者更不欣赏了。

黏滞物相

黏滞物相是咏物诗的常见病，其原因在于诗人入手擒题后，唯恐失去尺寸，故黏着皮骨，斤斤刻绘，结果写出的诗如同试帖体一般。北宋诗人石延年的《红梅》诗有这样两句："认桃无绿叶，辨杏有青枝。"咏梅而从植物分类学上与桃、杏作比较，说要把梅认作桃吧，可梅没有桃那样有绿叶；要把梅认作杏吧，则梅有青枝而杏没有。虽说这写出了梅的形态特征，且也切题，然何诗意之有？因而苏轼亦作了一首《红梅》诗，嘲之云："诗老不知梅格在，强拈绿叶与青枝。"

苏轼所谓的"梅格"，指的是梅所象征的文人的品格精神。诗之咏物，贵能托物以伸意，正如清人沈祥龙所指出的："咏物之作，在借物以寓性情，凡身世之感，君国之忧，隐然蕴于其内，斯寄托遥深，非沾沾焉咏一物矣。"(《论词随笔》）如果咏物而只是停留在物象的描摹上，不能灌注自己的思想情感于其中，纵刻画极工，形容极肖，终不过是一个徒有皮肉却没有灵魂的躯壳，或徒具形状却没有情思的木偶。石延年的《红梅》诗如此，雍陶的《咏双白鹭》诗也是如此：

双鹭应怜水满池，风飘不动顶丝垂。
立当青草人先见，行傍白莲鱼未知。
一足独拳寒雨里，数声相叫早秋时。
林塘得尔须增价，况与诗家物色宜。

诗人咏白鹭，只黏滞在物相上，未能超脱，所以全诗也就没有什么感兴可言。我们不妨看看杜甫的咏物诗，其咏鹤，则说“老鹤万里心”（《遣兴五首》之一）；咏孤雁，则说“飞鸣声念群”（《孤雁》）；咏鹰，则说“何当击凡鸟，毛血洒平芜”（《画鹰》）；咏朱凤，则说“愿分竹食及蝼蚁，尽使鸱枭相怒号”（《朱凤行》）；咏马，则说“所向无空阔，真堪托死生。骁腾有如此，万里可横行”（《房兵曹胡马》），真可谓写一物而全副精神皆见，从中也不难看出诗人自己的品格、心愿及感慨。

李贺的《竹》诗，也是一首黏滞物相之作：

入水文光动，抽空绿影春。
露华生笋径，苔色拂霜根。
织可承香汗，裁堪钓锦鳞。
三梁曾入用，一节奉王孙。

竹，历来是中国文人理想人格的化身，所以诗人在咏竹之际，总是将自己的品格精神渗透于其中。如咏竹之直节，有“贞姿曾冒雪，高节欲凌云”（孙岘《赋竹送钟员外》）;“人怜直节生来瘦，自许高材老更刚”（王安石《华藏院此君亭》）。又如咏竹之虚心，有“未出土时先有节，便侵云去也无心”（李师直《咏竹》）；“为重凌霄节，能虚应物心”（卢象《和徐侍郎丛筱咏》）。而李贺此诗，只局限于竹之本身，毫无寄托，故黏皮着骨，读来实在乏味。所以施补华指出:“咏物诗必须有寄托，无寄托而咏物，试帖体也。”(《岘佣说诗》)

有理之趣

哲理与禅理，是诗人喜欢表现的主题之一。因为诗与理相结合的作品，比起一般的纯粹抒情之作来，要具有更为耐人寻思的力量，它往往会引起读者理性上的启迪与触发，省悟出有关人生的哲思。如曾巩的《咏柳》诗："乱条犹未变初黄，倚得东风势更狂。解把飞花蒙日月，不知天地有清霜。"就是通过对柳絮的描绘，表现出自己对客观事物独特新颖的、带有一定人生哲理的感悟，人们读后自能兴会神驰，大有理蕴可以触发。

不过，我们也看到，不少哲理诗或禅理诗，理虽有之，诗趣却无，犹如语录讲义之押韵者，读来味同嚼蜡。试看王守仁的《咏良知四首示诸生》之一：

个个人心有仲尼，自将闻见苦遮迷。
而今指与真头面，只是良知更莫疑。

如同哲学歌诀，完全失去了诗的审美特征，难怪王夫之要嘲之为“乃游食髡徒夜敲木板叫街语，骄横卤莽，以鸣其‘蠢动含灵，皆有佛性’之说”(《夕堂永日绪论内编》)。再如欧阳修的《送张洞推官赴永兴经略司》诗：

自古天下事，及时难必成。
为谋于未然，聪者或莫听。
患至而后图，智者有不能。
未远前日悔，可为来者铭。

后面诗句不需再录，只这几句，就足使人倒胃。我想，与其读这种不伦不类的作品，还不如直接去看格言箴铭更爽快些。

理说得活，便有理趣；理讲得死，便成理障。那么如何才能使诗求得理趣而避免理障呢？王夫之在《古诗评选》中曾作过这样一番论述：“诗人理语，惟西晋人为剧。理亦非能为西晋人累，彼自累耳。诗源情，理源性，斯二者岂分辕反驾者哉？不因自得，则花鸟禽鱼累情尤甚，不徒理也。”其中提出了“自得”的观点。所谓自得，就是要有现实生活的亲身感悟，若只是把现成的理语照搬过来，写成诗的形式，势必就成空洞抽象的说教，不用说言理，即使是言花鸟禽鱼，也会成为抒情的障碍。确实，大部分理诗之所以无趣，原因就在诗人缺乏内心的触悟。谢灵运的诗颇具代表性，其所作往往是在精心描绘了一番山水景物后，直白地加上一段理语，勉强搬凑的痕迹相当明显，他的名篇《石壁精舍还湖中作》就是如此。当然，诗无理趣也未必都是缺少感悟，试看白居易的《对小潭寄远上人》诗：

小潭澄见底，闲客坐开襟。
借问不流水，何如无念心。
彼惟清且浅，此乃寂而深。
是义谁能答，明朝问道林。

诗人面对清潭，道机自露，可我们读来仍感理趣不足，问题就出在诗人的“无念心”未能从景中透出而是直接点明，因而落入言筌。比较王维《终南山别业》诗的“行到水穷处，坐看云起时”，则高下立判。

挦撦奇字

刘勰在《文心雕龙·练字》中对“缀字属篇”所提出的第一个要求是“避诡异”，即避免使用奇僻字。他这么说在当时是有原因的。因受汉赋的影响，魏晋以来的诗歌创作时有一种挦撦奇字的倾向，如卢谌《时兴》诗“摵摵芳叶零，橤橤芬华落”；陶渊明《辛丑岁七月赴假还江陵夜行涂口》诗“昭昭天宇阔，皛皛川上平”；谢惠连《西陵遇风献康乐》诗“积愤成疢痗，无萱将如何”；鲍照《代贫贱苦愁行》诗“以此穷百年，不如还窀穸”；等等。这些加点的字眼，在当时也极少用到，诗人将它们觅入诗中，欲以此示奇警，却反而损伤了诗的美感，所以刘勰指出：“一字诡异，则群句震惊；三人弗识，则将成字妖矣。”（同上）

有些诗人觉得用奇字难字正能证明自己的博学，因而将刘勰的告诫弃置一旁，这也使得我们在读一些诗歌作品时，常常会被一些生字绊住脚跟，如白居易的“不雨旱爞爞”（《贺雨》）；韦庄的“手挈空瓶毰毸归”（《买酒不得》）；苏轼的“携篮赴初旭”

(《寄周安孺茶》)；陆游的"自掩柴门上扊扅"(《舍北行饭》)；等等。以上的奇难字所表示的意思实际上很简单，像"爞爞"意即炎热；"氉氉"意即烦恼；"籯"乃指竹笼；"扊扅"乃指门闩。因此并不是非此就不足以达其意，完全可以用通俗易晓的字来替代，这自能说明诗人是挟以斗胜，务为不可读，以骇人耳目。

唐代的李贺是最喜欢挦撦奇字的诗人之一。他的母亲说他写诗"要呕出心乃已耳"(见《新唐书》本传)，恐怕这些精力有不少是用在了挦撦奇字方面，试看一些诗例：

趁趠西旅狗。(《送秦光禄北征》)

鸒鸒啼深竹。(《追赋画江潭苑四首》之三)

挼丝团金悬䍦䍥。(《春坊正字剑子歌》)

玉喉窱窱排空光。(《洛姝真珠》)

莫受俗物相填豗。(《开愁歌》)

醉睡氍毹满堂月。(《秦宫诗》)

吴歈越吟未终曲。(《江南弄》)

王琦在《李长吉歌诗汇解》的序中说："长吉下笔，务为劲拔，不屑作经人道过语。"务为劲拔，自应赞赏，不过劲拔语须有精思结撰，若仅仅以奇字显警策，只会反为其累，这也就是李贺诗所给予我们的教训。

如果就一首诗中所用奇字的数量之多作衡量，则孟郊和韩愈二人的《征蜀联句》几无可比。试录诗中一段：

投奅闹碚謷，填隍傶傛。
强睛死不闭，犷眼困逾䀣。
爇堞熇歊熺，抉门呀拗阖。
天刀封未坼，酋胆慑前揠。
跧梁排郁缩，闯窦揳窋窡。
迫胁闻杂驱，咿呦叫冤鼿。

此诗中还有大量只有最完备的古字书才能查得到的奇字，如"齾""敉""蔡""汃""疕""扴"，等等。这样的诗，正如赵翼所批评的："徒聱牙辖舌，而实无意义，未免英雄欺人耳。"(《瓯北诗话》)

语不分明

贾岛《哭柏岩和尚》诗有“写留行道影，焚却坐禅身”二句，据《六一诗话》载，当时人都戏称后句为“烧杀活和尚”。从字面上看，“坐禅”是生前事，“焚却”是死后事，因此这样的理解并不错。难道诗人果真反映这么一件恐怖的事情？当然不是，诗的本意是说，僧人坐禅时端然不动的身躯死后被焚烧了。很显然是诗句的语不分明而导致了这个笑话。

语不分明是诗歌作品中的易见之病。如杜甫《赴青城县出成都寄陶王二少尹》诗的“文章差底病”；又如唐彦谦《长陵》诗的“长陵高阙此安刘”，从这些诗句的本身看，我们很难明白作者所要表达的意思，只有结合上下句仔细揣摩，或可求得其意。像仇兆鳌将杜诗的“差底病”解释为“何救于贫乎”（见《杜诗详注》）；清人许印芳将唐诗的“安刘”解释为“安厝”（见《律髓辑要》），均含有臆测成分在内。也可能诗人的本意就如此，但毕竟原语表达不明，使人只得强为索解。试再看陈与义的《渡江》诗：

江南非不好，楚客自生哀。
摇楫天平渡，迎人树欲来。
雨余吴岫立，日照海门开。
虽异中原险，方隅亦壮哉。

方回在《瀛奎律髓》中称赞此作“诗逼老杜，于渡浙江所题如此，可谓亦壮矣哉”。确实这首诗写得意境颇佳，不过其中也并不是无疵可寻，如第二句的“自生哀”，我们通篇看不出他所哀的是什么。纪昀认为，末尾“虽异中原险，方隅亦壮哉”二句，乃“言虽属偏安，然形胜如是，天下事尚可为，而惜当时之无能为也”(《瀛奎律髓刊误》)。如果是这样理解的话，那么“自生哀”三字也就落实了，但诗人真有此意吗？至少在诗句中此意的表达是很不明确的。

语意表达得不够明确，主要原因恐怕与诗人一味讲求精炼有关。语言的精炼是诗歌创作中的基本要求之一，其标准以篇中是否有冗字冗句来衡量。若诗人求之过度，连必要的交代也加以省略，自然就会使语意含糊不清。不妨再看谭元春的一首《德山》诗：

维舟无所住，深入乱云间。
江水高僧性，梨花古佛颜。
塔灵抽寸寸，碑晦想班班。

秘密闻幽鸟，威仪见别山。
穿[illegible]不愿尽，烹蕨有时还。
移步孤峰下，如同树影闲。

此诗抒写自己停舟登山入寺的所见所感。第二联中的“梨花古佛颜”当是以梨花之白来比拟古佛之颜，而与之相对的“江水高僧性”以江水来比拟怎样的高僧之性呢？江水，有时宁静深沉，有时波浪翻滚，读者若要作出选择，自然还得费思一番。谭元春的不少诗都有此病，所以钱谦益在《列朝诗集小传》中对他诗歌“作似了不了之语”提出了批评。

疏于呼应

所谓“疏于呼应”，就是为文作诗，不先伏一笔，直待后面无端写来，致使语辞凭空逸出，无所依据。试看蔡松年的《鹧鸪天·赏荷》词：

> 秀樾横塘十里香，水花晚色静年芳。胭脂雪瘦熏沉水，翡翠盘高走夜光。　　山黛远，月波长，暮云秋影蘸潇湘。醉魂应逐凌波梦，分付西风此夜凉。

这首咏荷词，作者没有拘泥于荷花形迹的描绘，而是突现荷花清逸骚雅、楚楚动人的韵致，深得遗貌取神之妙。尤其是上片的“胭脂雪瘦熏沉水，翡翠盘高走夜光”二句，骨重神寒，历来颇获赞誉。不过，它的缺失亦是相当明显的。金人王若虚曾指出：“此句诚佳，然莲体实肥，不宜言瘦，予友彭子升易‘腻’字，此似差胜。”（《滹南诗话》）我觉得问题还不在这个地方，而是出在

"走夜光"三字上。"走夜光"意谓叶面水珠晶莹闪烁，就像夜明珠在滚动。我们都知道，荷叶上走珠之状，唯雨露中然后见之，而据词意，当时不应有雨露。很明显，这三字没来由，用形象的话说，就是无端半空伸一脚。

与蔡松年这首词的有应而无呼相反，姚合的《武功县中作三十首》之八则是有呼而无应：

一日看除目，终年损道心。
山宜冲雪上，诗好带风吟。
野客嫌知印，家人笑买琴。
只应随分过，已是错弥深。

唐宪宗元和中，姚合为武功县主簿，县小职卑，而是时其年方壮，因此颇多牢骚。这首诗的开端"一日看除目（官吏升迁的文书），终年损道心"二句，将心中不平之气呼出后，以下六句却全不作承应，遂造成"看除目""损道心"语意的落空。

疏于呼应乃是出于诗人的考虑有欠周密。在作品中，它虽较多属于细枝末节的问题，但毕竟是白璧之瑕。有些千古传诵的名篇就是因此而留下遗憾。试看孟浩然的《望洞庭湖赠张丞相》诗：

八月湖水平，涵虚混太清。
气蒸云梦泽，波撼岳阳城。

欲济无舟楫，端居耻圣明。

坐观垂钓者，徒有羡鱼情。

从首句的“湖水平”到第四句的“波撼”间，诗人没有作任何过渡，因此给人一种拼凑之感。如果其间有时序迁移，大风暴雨之类关锁映带的笔触，那么，血脉也就通贯了。

李渔曾指出："编戏有如裁衣，其初则以完全者剪碎，其后又以剪碎者凑成。剪碎易，凑成难。凑成之工，全在针线紧密，一节偶疏，全篇之破绽出矣。每编一折，必须前顾数折，后顾数节。顾前者，欲其照映；顾后者，便于埋伏。”（《闲情偶记》）这虽说的是戏曲创作，但对诗歌创作中避免疏于呼应情况的发生是很有启迪的。

骨力孱弱

人无骨不立，诗无骨亦靡。为此，刘勰在《文心雕龙》中专列《风骨》篇，讲述风骨的重要性。作为中国古典诗论的一个批评术语，“骨”与不同的词语相组合，其内涵便有不同的变化，如风骨、气骨、骨体、骨力等，都有着自己独特的意义，适用于不同的文艺批评需要。所谓骨力，主要是就笔力而言的，是读者阅读诗歌时的一种审美感受，读者的这种感受强烈，作品的骨力自然刚健；读者的这种感受贫乏，作品的骨力自然孱弱。骨力孱弱的首因是诗质稀薄，正如刘勰所云：“若瘠义肥辞，繁杂失统，则无骨之征也。”（《风骨》）李商隐的《四年冬以退居蒲之永乐，渴然有农夫望岁之志，遂作忆雪，又作残雪诗各一百言，以寄情于游旧》便是一首诗质稀薄之作：

旭日开晴色，寒空失素尘。
绕墙全剥粉，傍井渐销银。

刻兽摧盐虎，为山倒玉人。
珠还犹照魏，璧碎尚留秦。
落日惊侵昼，余光误惜春。
檐冰滴鹅管，屋瓦镂鱼鳞。
岭霁岚光坼，松暄翠粒新。
拥林愁拂尽，著砌恐行频。
焦寝忻无患，梁园去有因。
莫能知帝力，空此荷平均。
(《残雪》)

由诗题可知，此乃诗人退居蒲州永乐县（今山西运城市芮城县）之际的“寄情于游旧”之作。既然是“寄情”，内心自必有感。从创作心理分析，诗人因见雪为万物所共有，想到自己远离帝京，得不到朝廷的识拔，从而希望前游故旧能相援引。这种感情应当是极其沉郁的，然而由于全诗藻绘过多，用事过滥，作为主要表现内容的思想情感反倒显得单薄贫乏，读后觉萎靡无骨力。所以刘勰告诫说：“繁华损枝，膏腴害骨。”(《文心雕龙·诠赋》)

骨力孱弱的次因是句法松散。李东阳云：“诗用实字易，用虚字难。盛唐人善用虚字，开阖呼唤，悠扬委曲，皆在于此。用之不善，则柔弱缓散，不复可振。”（《麓堂诗话》）这段论述指出了虚字用得恰当，则诗的结构严密，声情宛转；虚字用得不善，则诗的句法松散，笔力萎弱。白居易的《喜张十八博士除水部员外郎》便是一首句法松散之作：

老何殁后吟声绝，虽有郎官不爱诗。
无复篇章传道路，空余风月在曹司。
长嗟博士官犹屈，亦恐骚人道渐衰。
今日闻君除水部，喜于身得省郎时。

方回曾评此诗云："五十六字如一直说话，自然条畅。"（《瀛奎律髓》）纪昀在方评的基础上更深一层，指出："白诗好处在此，病处亦在此。"所谓病处，即"次句及中二联凡五用虚字装头，未免犯复，且气格亦因之不健"。（《瀛奎律髓刊误》）七言律讲求凝重劲健，宜多用实字，因为实字多，内容足，诗句的内在密度也相应增大，从而显示出非凡的笔力。白诗以如许虚字衬贴其中，从全诗看，语气似乎更流畅，但也因为增加了虚设的字，意象相应减少，句法变得松散，故读来调软气弱，无顿挫之感。

远离题意

“下笔千言，离题万里”，是作文的一种常见病，诗歌作品尽管篇幅短小，但若不加注意，亦难免会有此失。试看李白的《赠任城卢主簿潜》诗：

海鸟知天风，窜身鲁门东。
临觞不能饮，矫翼思凌空。
钟鼓不为乐，烟霜谁与同。
归飞未忍去，流泪谢鸳鸿。

作为一首赠送人诗，虽不必谈及对方的家世、科第、爵秩、事功及宠遇，但本人与对方的关系或相赠之意是至少要点明的，而此诗却一概俱无，致使内容与题目有如风马牛不相及。

清人庞垲指出：“诗有题，所以标明本意，使读者知其为此事而作也。古人立一题于此，因意标题，以词达意，后人读之，虽世代悬隔，以意逆志，皆可知其所感，诗依题行故也。若诗不依题，前言不顾后语，南辕转赴北辙，非病则狂，听者奚取？”（《诗义固说》）上举李白之作，便属诗不依题。不过像这种诗题诗旨各行各道、全然无涉的作品毕竟少有，除非是一时疏忽。刘熙载曾强调创作要“认题立意”（《艺概·文概》），这“认题”便是关键。认题认得准，诗旨就合题；认题有偏差，诗旨就离题。试看杜甫的《奉和贾至舍人早朝大明宫》诗：

五夜漏声催晓箭，九重春色醉仙桃。
旌旗日暖龙蛇动，宫殿风微燕雀高。
朝罢香烟携满袖，诗成珠玉在挥毫。
欲知世掌丝纶美，池上于今有凤毛。

当时奉和贾至《早朝大明宫》诗的还有王维与岑参。对这四首同题之作，历来议论颇多，但杜诗所获评价并不高。胡震亨云：“《早朝》四诗，名手汇此一题，觉右丞擅场，嘉州称亚，独老杜为滞钝无色。”（《唐音癸签》）明人唐汝询云：“岑王矫矫不相下，舍人则雁行，少陵当退舍。”（《唐诗解》）这些评论是否恰当，我们于此不论，不过就合题而言，杜诗只做“早”字，而没有把“朝”字放在正位上，致使主题落空，这显然是不及三人的地方，所以沈德潜的《唐诗别裁》中就不选此诗。再看范成大的《再题瓶中梅》诗：

园林摇落冻芳尘，南北枝间玉蕊皴。
风袂挽香虽淡薄，月窗横影已精神。
雪霜春事年年晚，今古诗情日日新。
铁石如公犹索句，真成嚼蜡对横陈。

题作“瓶中梅”，自当在“瓶中”二字上着意，然此篇所状，仅是“梅”而已，“瓶中”之意，并无着落，显然这是诗人未能细意贴题所致。我们不妨看曾几的同题之作《瓶中梅》：“小窗冰水青琉璃，梅花横斜三四枝。若非风日不到处，何得色香如许时。神情萧散林下气，玉雪清映闺中姿。陶泓毛颖果安用，疏影写出无声诗。”几乎是句句紧扣着瓶中之梅的题意。二诗相比较，自可见高下。

梅尧臣的《春日拜垅经田家》，也因认题的偏差而导致诗不称题。其诗云：

田家春作日日近，丹杏破颣场圃头。
南岭禽过北岭叫，高田水入低田流。
桑芽将绽雾露裛，蚕子未浴箱筐收。
今我还朝固不远，紫宸已梦瞻珠旒。

诗题有三意，即“春日”“拜垅”“经田家”，然从所写来看，只落笔于春日经田家上而毫无拜垅之意。或许“拜垅”并非是诗人所要表现的重点，但至少也得在诗中对此事映带关照一下吧。

哑谜待破

《古今诗话》载有郑谷这样一首诗："返蚁难寻穴，归禽易见巢。满廊僧不厌，一个俗嫌多。"此诗写的是什么？若不将题目说出，让大家来猜测的话，恐怕许多人都得费一番脑筋。这首题为《落叶》的绝句，与其说是诗，还不如说成落叶谜来得更恰当。郑谷的《柳》诗亦如此：

半烟半雨江桥畔，映杏映桃山路中。
会得离人无限意，千丝万絮惹春风。

当时就有人戏称此乃"柳谜子"。胡仔也十分赞同这种说法，他在《苕溪渔隐丛话》中指出："观者试一思方知之，可见其为善谑也。"

咏物诗何以会如哑谜待破？王夫之对其原因揭示得颇为明了："古之咏物者，固以情也；非情，则谜而不诗。"（《古诗评选》）诗歌作用于人们的情感，在于传达审美感受；诗谜作用于人们的理智，只是一种文字游戏。咏物而胸无寄托，笔无远情，再加上诗中不出题字，那自然就成诗谜了。再试看下面二诗：

雪衣雪发青玉觜，群捕鱼儿溪影中。
惊飞远映碧山去，一树梨花落晚风。
（杜牧《鹭鸶》）

百步清香透玉肌，满堂皓齿转明眉。
褰帷跛客相迎处，射雉春风得意时。
（施宜生《含笑花》）

二诗非不体物，但全无象外追神本领，故诗题可作谜底，分明是鹭鸶谜与含笑花谜。

作诗而成制谜这一现象的发生，与唐宋“禁体物诗”的出现不无关系。所谓禁体物，即放弃对事物特征的描摹而转向对物体氛围的渲染。如咏雪，不直写雪色雪态，只就落雪时的周遭环境作烘托。这虽是一种新的表现手法，却往往导致玩弄文字技巧之弊。如杨万里的《霰》诗：

雪花遣汝作前锋，势颇张皇欲暗空。

筛瓦巧寻疏处漏，跳阶误到暖边融。
寒声带雨山难白，冷气侵人火失红。
方讶一冬暄较甚，今宵敢叹卧如弓。

诗人在舍弃传统的巧似之言的同时，也将即物达情这一艺术准则忽略掉了。全诗徒赋一物，生意索然，读来自如猜谜。

咏物虽要寓意，但托意也不可过深。过深之作，晦涩费解，亦如哑谜待破。试看李商隐的《嫦娥》诗：

云母屏风烛影深，长河渐落晓星沉。
嫦娥应悔偷灵药，碧海青天夜夜心。

此诗正如清人黄叔灿所说："借嫦娥以托意。"（《唐诗笺注》）然究竟寄托何意，历来聚讼纷纭。清人程梦星认为是"刺女道士"（《李义山诗集笺注》）；纪昀认为是"悼亡之诗"（见《李义山诗集辑评》）；沈德潜说是写"士有争先得路而自悔"（《唐诗别裁》）；清人何焯说是写"自比有才调，翻致流落不偶"（见《李义山诗集辑评》）；近人张采田则大胆提出："义山依违党局，放利偷合，此自忏之词。"（《玉溪生年谱会笺》）商隐此诗还未用典，托意已就那么深奥难测，更别论那些用事深僻之作了。所以苏雪林在《唐诗概论》中给李商隐起了个"诗谜专家"的称号。

同字相犯

“同字相犯”是刘勰在《文心雕龙·练字》中标出的“近世”诗忌。不过，从当时诗歌创作的情况看，诗人们并不以此为戒，甚至有梁元帝《春日》诗的连用二十三“春”字，鲍泉《奉和湘东王春日》诗的连用三十“新”字。随着五七言近体诗的逐步成熟，诗人们才渐渐开始注意对重字的避忌。因为近体诗尺幅有限，法度整严，格律有定，要在规定的字数之中含具丰富的社会生活内容，并还要人们读来有情有味，自然就得充分发挥每一个字的作用。若有同字相犯，虽有时还不至于影响到意境的完美，但无疑是表明了自己词汇的贫乏，而诗歌本来就是语言的艺术。

由于近体诗的发展有一个渐进的过程，所以在草创之初还时有重字，如沈佺期的《龙池篇》，对此也不便苛求。盛唐的近体诗已达到较高的艺术水平，若作品仍不避重字，人们就很少予以谅解，如王维的《出塞》诗：

居延城外猎天骄，白草连天野火烧。
暮云空碛时驱马，秋日平原好射雕。
护羌校尉朝乘障，破虏将军夜渡辽。
玉靶角弓珠勒马，汉家将赐霍嫖姚。

全诗骨力雄浑，声韵宏伟，是一首难得的佳作，然由于“马”字的重出，遂有白璧微瑕之憾，因为从诗意看，这一相犯并无必要。为此王世贞曾不无可惜地说：“非两‘马’字犯，当足压卷。”(《艺苑卮言》)

中唐诗坛诗律愈趋愈严，愈研愈细，反映在避忌重字方面，诗人们已将此作为必须遵守的创作规则，如刘禹锡的《苏州白舍人寄新诗，因以赠之》诗，因用了二“高”字，特于诗下自注云：“高山本高，于门使之高，二义有殊。”在这种创作背景之下，许浑《咸阳城西楼晚眺》诗的缺失也就显露出来了。其诗如下：

一上高城万里愁，蒹葭杨柳似汀洲。
溪云初起日沉阁，山雨欲来风满楼。
鸟下绿芜秦苑夕，蝉鸣黄叶汉宫秋。
行人莫问当年事，故国东来渭水流。

此诗情景交融，有无限感叹，为千古传诵。但清人屈复曾指出：“‘阁’‘楼’相犯，又重楼字。唐人往往有之，终是一病。”

(《唐诗成法》) 我觉得这个问题未可责怪，倒是诗中二“来”字的相犯应予批评，一者，此字的复用完全可以避免；二者，此字又同处句中第四字的位置，可见诗人的失检是很明显的。

我们在批评同字相犯的时候，当区别两种情况：一是诗人两字俱要，宁作相犯，如崔护的《题都城南庄》诗，前有“去年今日”，后有“只今何处”，二“今”字正见出物是人非之感，故不恤。二是用同字回互法及蝉联取势法，如“桃花细逐杨花落，黄鸟时兼白鸟飞”(杜甫《曲江对酒》)；“楚山秦山皆白云，白云处处长随君”(李白《白云歌》)，同字的运用，造成了诗的流走的气韵与优美的旋律。

强事饰辞

所谓强事饰辞，就是以为日常生活中寻常事物粗俗，不堪入诗，故不肯明白说出，而用代字。如“雕虫蒙记忆，烹鲤问沉绵”二句诗，不说作赋，而说“雕虫”，不说寄书，而说“烹鲤”，不说疾病，而说“沉绵”。这种强事饰辞的代易风气在唐宋之际颇为流行，如韩愈与孟郊的《城南联句》:“红皱晒檐瓦，黄团系门衡。”以“红皱”代枣，“黄团”代瓜。又如皮日休的《夏首病愈因招鲁望》中“数点春锄烟雨微”，以“春锄”代鹭鸶。再如钱惟演的《对竹思鹤》中“瘦玉萧萧伊水头”“更教仙骥旁边立”，以“瘦玉”代竹，以“仙骥”代鹤。不唯诗坛如此，当时的词坛也曾被此风所弥漫，以至南宋的沈义父在《乐府指迷》中公开提倡：

> 炼句下语，最是紧要。如说桃，不可直说破桃，须用“红雨”“刘郎”等字；说柳，不可直说破柳，须用“章台”“灞岸”等字。又用事，如曰“银钩空满”，便

是书字了，不必更说书字；“玉箸双垂”，便是泪了，不必更说泪。如“绿云缭绕”，隐然髻发；“困便湘竹”，分明是簟。

这一理论当然难为人们所首肯，诗词作品真要以这样的代易来表示博雅，那么，古今类书具在，奚以诗为？所以纪昀在《四库全书总目提要》中批评沈氏说：“其意欲避鄙俗，而不知转成涂饰，亦非确论。”

不过，平心而论，并不能把所有的代易字都说成是强事饰辞，它有时可以避免用字的重出，如张祜的《爱妾换马》“忍将行雨换追风”，以“行雨”代妾，“追风”代马，避开了题中字与句中字的相重；有时可以为诗句点染生色，如王安石的《南浦》“含风鸭绿粼粼起，弄日鹅黄袅袅垂”，以“鸭绿”代水，“鹅黄”代柳，颇新奇可喜。我们所要批评的，一是故意以尖新奇特的代字来掩饰文意的浅薄；二是巧作刻削，犹如谜语。前者如陈师道《九日无酒，书呈漕使韩伯修大夫》诗的“惭无白水真人分，难置青州从事来”。“白水真人”即钱币，“青州从事”即佳酿，十四个字实际用“惭无钱，难置酒”六个字就可概括，而诗人以增字硬是凑成一联。后者如张耒《仲夏》诗的“渊底武侯方熟眠”，这一句真令人百思难得其解。原来传说以为龙眠则天晴不雨，此句便以“武侯”代龙眠。武侯与龙眠又有何关系呢？诗人原是从诸葛亮封武乡侯人称“卧龙”引申出来的，这种代易无疑成了文字游戏。

王国维在《人间词话》中分析有些诗人喜用代字的原因时说:“其所以然者，非意不足，则语不妙也。盖意足则不暇代，语妙则不必代。”这一论述可谓切中要害。不在立意上用力，而专以一些转弯抹角的形容语强加修饰，这样的作品有谁愿意欣赏呢?

炼字露痕

诗歌是高度凝练的语言艺术，因此特别讲究字句的研炼。所谓“吟安一个字，捻断数茎须”“为求一字稳，耐得半宵寒”，说的就是不肯信手用字。字炼得好，就像一颗耀眼的明珠，给整个诗句增光添彩。如宋祁《玉楼春》词的“红杏枝头春意闹”，王国维称赞说：“著一‘闹’字而境界全出。”（《人间词话》）

这个“闹”字以听觉感受替代视觉感受来形容红杏花开的蓬勃繁盛，确实炼得颖奇不凡。不过换一个角度看，它还是留下了些微遗憾，那就是未能泯去锤炼的痕迹。这种感觉并非我一人所特有，清代的贺裳也曾因读了孙光宪的“留不得，留得也应无益”（《谒金门》），李清照的“眼波才动被人猜”（《浣溪沙》）等词句后，“觉‘红杏枝头春意闹’尚书，安排一个字，费许大气力”（《皱水轩词筌》）。或许有人会说这未免苛求太甚，但是我们为什么就不能以刘熙载所要求的“极炼如不炼，出色而本色，人籁悉归天籁”（《艺概·词曲概》）的艺术标准来评判呢？至少这有助于我们在创作中引起注意。

炼字的有痕与无迹，往往可以衡量出诗词作品的高下。试看下面二例：

万里通秋雁，千峰共夕阳。（刘长卿《移使鄂州次岘阳馆怀旧居》）

万木迎秋序，千峰驻晚晖。（李嘉祐《至七里滩作》）

“千峰共夕阳”与“千峰驻晚晖”意境完全相似，但刘诗所炼的“共”字十分自然，而李诗所炼的“驻”字便觉着力。套用刘熙载的话说，前者人籁已悉归天籁，后者出色而未能本色。再比较二例：

朦胧淡月云来去。（李煜《蝶恋花》）

云破月来花弄影。（张先《天仙子》）

后一句王国维也曾称赞为“著一‘弄’字而境界全出矣”（《人间词话》）。不过一与李词相比，就觉在天然之美方面稍逊一筹。

炼字而露出痕迹，常常在于诗人过度经营、刻意求奇。试看贾岛《访李甘原居》诗的颔联：

石缝衔枯草，楂根渍古苔。

一“衔”字、一“渍”字，很明显是诗人煞费心思炼出的，然而这两个字并没有给诗句带来光彩，反令人有雕琢之感。在“语不惊人死不休”的杜甫诗中，也偶有这种毛病。如《晴二首》之一：

碧知湖外草，红见海东云。

这两句绘雨后新晴之景颇佳，然“知”字、“见”字用得较为生硬，所以毛先舒以为“浑读不妨大雅，拈出示人，将开恶道”(《诗辩坻》)。沈德潜曾指出：“古人不废炼字法，然以意胜而不以字胜，故能平字见奇，常字见险，陈字见新，朴字见色。”(《说诗晬语》）这正是在炼字中达到极用意看似不用意、极着力看似不着力的关键。

以文为诗

胡适曾称赞黄遵宪的《赤穗四十七义士歌》“在‘以古文家抑扬变化之法作古诗’的方面，成绩最大”(《五十年来之中国文学》)。不妨摘录诗的末尾：

> 一时惊叹争歌讴，观者拜者吊者贺者万花绕冢每日香烟浮，一裙一屐一甲一胄一刀一矛一杖一笠一歌一画手泽珍宝如天球。自从天孙开国首重天琼锌，和魂一传千千秋，况复五百年来武门尚武国多贲育俦。到今赤穗义士某某某某四十七人一一名字留，内足光辉大八洲，外亦声明五大洲。

这样的作品，我想除了胡适，恐怕极少有人欣赏。严格地说，此非诗，乃押韵之文。

把诗写成押韵之文，总与诗人以文为诗有关。所谓以文为诗，就是指把古文的某些叙述手法、篇章结构引入诗中（尤其是以叙事为主的古风），从而使诗歌获得开阖变化、抑扬顿挫的艺术效果。如杜甫的《自京赴奉先县咏怀五百字》《北征》等五七言长篇，便因运用古文手段而丰富了艺术表现力，形成全诗腾挪跌宕、深婉浑厚的风格。然而也有一些诗人的以文为诗，不是借助古文的手法和章法以求得内蕴的深厚，而是标新立异，以古文的句法和字法造诗句，不仅新风格没形成，反而削弱了诗歌语言的精炼含蓄，破坏了诗歌声韵的和谐优美。说其是诗吧，则句式属文；说其是文吧，则又分行押韵，别扭拗口，令人不堪卒读。以上所列举的诗作就是如此，也难怪有人批评黄诗“谬戾乖张，丑怪已极”（徐英《论近代国学》）。不过，黄遵宪并不是始作俑者，非诗非文之作的出现最早可以追溯到韩愈身上。试看他的《嗟哉董生行》：

淮水出桐柏山，东驰遥遥千里不能休。淝水出其侧，不能千里，百里入淮流。寿州属县有安丰，唐贞元时，县人董生召南隐居行义于其中。刺史不能荐，天子不闻名声。爵禄不及门，门外惟有吏，日来征租更索钱。嗟哉董生朝出耕，夜归读古人书，尽日不得息。或山于樵，或水于渔。入厨具甘旨，上堂问起居。父母不戚戚，妻子不咨咨。嗟哉董生孝且慈。人不识，惟有天翁知。生祥下瑞无休期。家有狗乳出求食，鸡来哺其儿，啄啄庭中拾虫蚁，哺之不食鸣声悲，彷徨踯躅久不去，以翼来覆待狗归。嗟哉董生谁将与俦？时之人，夫妻相虐，兄弟为仇，食君之禄，而令父母愁。亦独何心？嗟哉董生无与俦！

我想，任何人读此诗，都会有棘喉涩舌的感觉。诗毕竟是诗，文毕竟是文，各有自己的特性，韩愈实在是逾越过分了。或许他的主观愿望是要突破诗的旧界限，但总不能以怪为新吧。沈括曾指出："韩退之诗乃押韵之文也。"（《苕溪渔隐丛话》引）此话虽不免以偏概全，确也道出了其病症所在。一首诗仅仅具备押韵的特征，那还有什么艺术性可言？

堆垛故实

尽管钟嵘早就指出：诗乃“吟咏情性”，宜于“直寻”，而不贵“用事”（《诗品》），然而在诗歌创作中，用典使事依旧不废，这说明用事自有它合理的一面。因为诗歌这一体裁，受到格律、字数的严格限制，有时很难把曲折复杂的情事表达出来，而如能于古事中觅得与此情况相合者熔铸于诗句中，一方面可以表达出幽隐难言之情，另一方面又可加深和扩展作品的内在容量，给读者以丰富的联想。

不过，有些诗人在创作时并非出于此种需要，他们往往是借堆垛故实来夸耀学问，炫博逞才。李商隐便是如此，试看他的《牡丹》诗：

锦帏初卷卫夫人，绣被犹堆越鄂君。
垂手乱翻雕玉佩，折腰争舞郁金裙。
石家蜡烛何曾剪？荀令香炉可待熏。

我是梦中传彩笔，欲书花叶寄朝云。

纪昀曾说此诗“八句八事，却一气鼓荡，不见用事之迹”(《玉溪生诗说》)，这完全是溢美。如果不知典故，谁能理解此诗？即便知道了出处，亦未必都能阐释此诗。问题的关键还不在此，而是铺排这么多典故是否必要。我觉得除末尾二句借用江淹梦中得五色笔及巫山神女之事抒写自己情意比较成功外，其余都为堆垛。如首联用《典略》中孔子见南子、《说苑》中鄂君泛舟的典故，来表现绿叶丛中的牡丹，便颇显牵强。又如五句以《世说新语》中石崇用蜡烛作炊的典故状牡丹之色、六句以《襄阳记》中荀彧留香的典故写牡丹之香，也不见生气。其原因就在作者为用事而用事，所以朱彝尊批评此诗“堆而无味，拙而无法”(见《李义山诗集》沈厚塽辑评本)。李商隐的这种滥用自夸以矜其博的诗风，一直影响到宋代诗坛。宋代的一些诗人甚至到了有过之而无不及的程度。如杨亿的《汉武》诗：

蓬莱银阙浪漫漫，弱水回风欲到难。
光照竹宫劳夜拜，露汚金掌费朝餐。
力通青海求龙种，死讳文成食马肝。
待诏先生齿编贝，那教索米向长安？

这首咏史诗，或用《史记》，或用《汉书》，或用《十洲记》，或用《三辅黄图》，可谓句句有出典，语语有来历。而这些事典，并没有构筑出新的独特的意境来，反处处成为障塞。据载，杨亿平时专门搜检故事出处，用小纸片录出，以便作诗文时填用方便，这首诗恐怕就是这样写出的。作者有意逞博，翻书抽帙，以隶事为工，自然导致他的诗枯燥乏味，了无情趣。苏轼诗也常常犯贪博的毛病，故而有“积薪”之讥。如他的《贺陈述古弟章生子》诗：

郁葱佳气夜充闾，始见徐卿第二雏。
甚欲去为汤饼客，惟愁错写弄獐书。
参军新妇贤相敌，阿大中郎喜有余。
我亦从来识英物，试教啼看定何如。

一篇八句皆用典故，而所用之事都是取其与题合者类之，致使句句排砌如同类书，这样的诗虽工而有何益?

有句无篇

许浑的《汉水伤稼》诗有这样一联："江村夜涨浮天水，泽国秋生动地风。"而其《酬郭少府先奉使巡涝见寄》诗的颈联，与这二句完全相同。很明显，两首诗中至少有一首是先有成句而后凑成全诗。先得一句一联，因而成章，这种作诗法当然也不是绝对不可，但诗的"有句无篇"之弊往往由此而产生。试看贾岛的《送无可上人》诗：

圭峰霁色新，送此草堂人。
麈尾同离寺，蛩鸣暂别亲。
独行潭底影，数息树边身。
终有烟霞约，天台作近邻。

作者在"独行"一联下自注一绝云："二句三年得，一吟双泪流。知音如不赏，归卧故山秋。"可知，此联乃是花多年工夫锤锻而成，作者亦颇以自负，所以在送别好友无可上人时，将此得意之句用进了诗中。确实，这二句设想之奇妙、炼饰之精湛，出人常情之外，故方回称之为“绝唱”(《瀛奎律髓》)，冯舒称之为“奇句”(同上)。然我们若作通篇考察，则就很难将其列入佳作之中。诗的前半部仅是点题，不见送别者之情（其中“蛩鸣暂别亲”句令人不解所谓)，“独行潭底影，数息树边身”所透露的是一种远离人世、徜徉林泉的枯寂之趣，不仅与前四句情调不合，亦看不出与尾联有什么联系。所以就全篇看，此诗神不完，气不足，无可称道。试再看林逋的《山园小梅》诗：

众芳摇落独暄妍，占尽风情向小园。
疏影横斜水清浅，暗香浮动月黄昏。
霜禽欲下先偷眼，粉蝶如知合断魂。
幸有微吟可相狎，不须檀板共金樽。

诗中“疏影”一联，历来备受称颂，然全篇颇有可责处。《蔡宽夫诗话》认为五六句“与上联气格全不相类，若出两人”，并感叹说：“乃知诗全篇佳者诚难得。”清人吴乔《围炉诗话》也认为起联“太杀凡近，后四句亦无高致”。固然他们的指责未免要求太高，但也不是毫无道理。一首诗应是一个整体，既要求形象鲜明，更要求形象完整，有句有篇。此诗所缺乏的便是这种浑成之感，其原因恐怕与“疏影”一联是从南唐江为残句“竹影横斜水清浅，桂香浮动月黄昏”点化而来不无关系。林逋的点化，确有点铁成金之妙，然却忽略了前后文气相接，匀称和谐，遂露出拼凑之痕。黄彻称林逋此诗“专在十四字耳”(《䂬溪诗话》)，可谓抓着了病根。唐人严维的《酬刘员外见寄》诗也有这种毛病。其诗云：

苏耽佐郡时，近出白云司。
药补清羸疾，窗吟绝妙词。
柳塘春水漫，花坞夕阳迟。
欲识怀君意，明朝访楫师。

其中“柳塘”一联为千古名句，但我们看不出此联所绘之景对全诗有什么作用，既不见承上，又不见启下，似乎完全是一种摆设。所以吴乔说得好：“人得好句，不可不极力淘锻改易，以求相称。”(《围炉诗话》)

夸而失节

夸张，是文学创作中一种“言事增其实”的修辞手法。然而，它又并非不着边际的天马行空。如岳飞《满江红》词开端的“怒发冲冠”句，言因愤怒金人寇掠中原而头发直竖，上冲冠帽，这一夸张自然是传神之笔，若再加以“冠为之裂”，则就荒唐可笑了，因为它越出了人们情理所许可的范围。所以刘勰早就指出：“饰穷其要，则心声锋起；夸过其理，则名实两乖。”（《文心雕龙·夸饰》）但其后的一些诗人对此似乎并没有引起注意。试看白居易的《卢侍御与崔评事为予于黄鹤楼置宴，宴罢同望》诗：

江边黄鹤古时楼，劳置华筵待我游。
楚思渺茫云水冷，商声清脆管弦秋。
白花浪溅头陀寺，红叶林笼鹦鹉洲。
总是平生未行处，醉来堪赏醒堪愁。

诗的第五句乃言长江的浪花可飞溅到头陀寺。据当时诗人所处黄鹤楼的位置看，长江在其西，头陀寺在其东，因此，“浪溅头陀寺”是一种夸张，但这一夸张却不符合艺术形象的本质特点。浪涛的特征是打得高而不是打得远，故就其高度夸张，无论如何都不过分，如杨万里有诗云：“一浪抛云入天半，众浪翻空湿银汉。”（《寄题安福刘道协涌翠楼》）而此处却言浪花从城西溅到城东的头陀寺，这种有违事物本性的夸张，就令人感到荒诞不经了。又如宋代诗人石懋的《咏雪诗》有这样一联：

燕南雪花大于掌，冰柱悬檐一千丈。

前一句的夸张，由于抓住了燕地雪大的事实，故辞虽已甚，其义无害。后一句的夸张，便夸而失节，试问，何处可得如此高屋？任何夸张都不能脱离描写对象原有的基础。对此，王国维曾有一段精辟的论述：“虽如何虚构之境，其材料必求之于自然，而其构造，亦必从自然之法则，故虽理想家，亦写实家也。”（《人间词话》）

不仅事物的夸张不能离开客观的依据，感情的夸张，亦必须验其有而为之张大，不可知其无而为之妄增。《红楼梦》第二十六回中有这样一首诗：

颦儿才貌世应稀，独抱幽芳出绣闱。

鸣咽一声犹未了，落花满地鸟惊飞。

林黛玉去怡红院看宝玉，没料到晴雯没听清声音，使性子不开门。黛玉想到自己的身世，禁不住悲悲切切地呜咽起来。诗写黛玉的呜咽声致使“落花满地鸟惊飞”，这一夸张实在令人难解，其何以有如此巨大的感染力？事实上，即便是反映强烈情绪心理的浪漫笔法，亦应给人以可信感。如李白诗“白发三千丈”的夸张，就在于有愁生白发的前提；柳宗元诗“万死投荒十二年”的夸张，就在于被流放的十二年中，时时有死的可能。因此，“看似胡说乱说，骨里却尽有分数”（刘熙载《艺概·文概》）。

识见未高

作史者，才、学、识缺一不可，而以识为最先。诗人咏史亦如之。识见超拔，则作品理顺词畅，言远意深；识见未高，则作品无所发明，平庸乏味。试看唐人窦常的《项亭怀古》诗：

力取诚多难，天亡路亦穷。
有心裁帐下，无面到江东。
命厄留骓处，年销逐鹿中。
汉家神器在，须废拔山功。

此诗咏项羽，颇能概括其一生，然末尾两句的评断却识见未高。项羽之败，并不是因为“汉家神器在”，最根本的原因是其不能用人。据《史记》载：“（项羽）于人之功无所记，于人之罪无所忘，战胜而不得其赏，拔城而不得其封。”且“其所任爱，非诸项即妻之昆弟，虽有奇士不能用”。因此，他手下不少有才干的谋臣武将，如陈平、韩信，都纷纷背叛他而投奔刘邦，连身边最后一个对他忠心耿耿的谋臣范增，也因为受到怀疑而离他远去。而刘邦既不是将才，也没有高明的谋略，更不具备什么“神器”（即帝王之气），视其对项羽所说“吾翁即若翁，必欲烹尔翁，则幸分我一杯羹”，倒给人感觉像个无赖。然而他善于招贤纳才，知人善任，最终成就了帝业。项羽不能认识自己终致失败的原因，在自刎前说“此天之亡我”，此当情有可原，所谓当局者迷也。而千年之下的诗人依然如此认识，就未免有失浅薄了。宋人潘德久的《过虞美人墓》诗亦有同失：

樽前一曲奈何歌，千古英雄恨不磨。
女子在军今莫问，君王愎谏向来多。
最怜秋雨添狐穴，谁与春醪酹棘窠。
一朽何须论异域，寄声青冢太婵娟。

霸王别姬，别的就是这位虞美人，因此咏美人而涉及项羽。诗的第四句“君王愎谏向来多”，将项羽之败归结为不接受劝谏，也未及根本，故全诗无所见处。

吴乔曾指出：“无识则气骄，气骄则识益下。”（《围炉诗话》）晚唐薛能就是这样一位诗人。他为人骄矜，自视甚高，常以第一流诗人自居，曾作诗云：“我身若在开元日，争遣名为李翰林。”（《寄符郎中》）而实际上，其诗正如辛文房所说：“格律卑卑，亦无甚高论。”(《唐才子传》) 试看他的《筹笔驿》诗：

葛相终宜马革还，未开天意便开山。
生欺仲达徒增气，死见王阳合厚颜。
流运有功终是扰，阴符多术得非奸。
当初若欲酬三顾，何不无为似有鳏。

诗人于题下注云：“余为蜀从事，病武侯非王佐才，因有是题。”诗中如此评价诸葛亮，胆子确实是够大的，可却难以令人心服，这反见其史识的肤浅与偏颇。他的《过骊山》诗则更是妄诞：

丹雘苍苍簇背山，路尘应满旧帘间。
玄宗不是偏行乐，只为当时四海闲。

直为玄宗之荒奢开脱罪责。所以叶燮指出：“无识而有胆，则为妄、为卤莽、为无知，其言背理叛道。”(《原诗》)

不究训诂

写诗离不开语言文字。语言文字经组合而成诗篇后，不同的读者通常会有不同的审美感受与评价，此即汉代经学大师董仲舒所谓“诗无达诂”(《春秋繁露》)者也。诗虽难以达诂，但是诗人应该通诂，也就是说，诗人对所使用的词语必须识其意、知其解。不究训诂，随意乱用，往往会留下话把笑柄。明人顾元庆的《夷白斋诗话》便有一段这样的记载：

孙一元《归云庵》诗：“沙清竹碧鸥出飞，野老候余开石扉。”古人但言柴扉、荆扉，并无石扉之理。如汉人发哀帝冢云：“初至一户无扃钥，石床方四尺，床上有石几，左右各三石人立侍，皆武冠带剑。复入一户，石扉有锁钥。”一元好奇，初不知“石扉”乃墓中石门耳。

孙一元的《归云庵》诗乃描写田园生活情景。“沙清竹碧鸥出飞”句，已可想见环境之恬静幽雅。“野老”闲居于其中，更添村野之趣。野老所居，自应是竹篱茅舍，如王维《渭川田家》诗“野老念牧童，倚杖候荆扉”，杜甫《野老》诗“野老篱边江岸回，柴门不正逐江开”。一元或许想创新避俗，故意舍弃“柴扉”“荆扉”不用，而以“石扉”来替代。殊不知“石扉”通常是指墓中的石门，所以闹出了一个大笑话。再看陈师道的《次韵夜雨》：

暗雨来何急，寒房客自醒。
骤看灯闪闪，拟对竹青青。
声到江干失，风回叶上听。
更长那得晓，欹侧想仪刑。

诗的主旨似乎是夜雨思人。我们这里用“似乎”一语，乃是因为对诗末句的“仪刑”不明所以。仪刑者，仪法也，犹言典型模范，如《诗经·大雅·文王》：“仪刑文王，万邦作孚。”在古典诗歌中，“欹侧”一词总与思人有关，而此诗却将“欹侧”与“仪刑”相连，这样的用法，恐怕是诗人未解“仪刑”的含义。

不究训诂情况的发生，通常是诗人贪使故实所致。黄遵宪的《春夜招乡人饮》诗中有如下四句：

子年未四十，鬑鬑须在颊。

诸毛纷绕涿，东涂复西抹。

此乃写人胡须之多之密。“诸毛纷绕涿”，语出《三国志·蜀书·周群传》：“初，先主与刘璋会涪，时张裕为璋从事，侍坐。其人饶须，先主嘲之曰：昔吾居涿县，特多毛姓，东西南北，皆诸毛也。涿令称曰：诸毛绕涿居乎?”先主所嘲张裕语“诸毛绕涿居”，从字面意义作解释，是说诸毛姓者居于涿县。但如果仅仅是这么一层意思的话，那先主也就用不着以嘲谑的语气来说了。涿者，流下滴也，乃指人之下体也，所以这是一句秽亵语。黄遵宪用来形容人的胡须之茂密，显然是出于无知。

同样的谬误还发生在清人林寿图的《曹怀朴先生县斋燕饮》一诗之中：

使君半醉拈髭须，惜少绕涿诸毛居。

诗人于句下自注：“公云：‘吾貌枯少须。’”林寿图显然也亦未识得“涿”字何意。

谐而入滑

王翰《凉州词》云："葡萄美酒夜光杯，欲饮琵琶马上催。醉卧沙场君莫笑，古来征战几人回。"这首边塞诗，前两句写一位征战者面对美酒琼杯正欲开怀痛饮，却响起了催发的琵琶乐声。后两句写他的内心独白：管他出发在即，我照样痛饮，就是醉卧沙场也没有什么可笑，古来从军征战者有几人能够生还呢？唐人边塞诗表现的思想感情是很复杂的，虽然不乏开边建功之豪情，却也有不少归马营空之伤怀。诗人在这里用诙谐语表现后一种感情：战争是如此无情，又何必戚戚于怀？不如纵片时之乐。严肃的主题，以游戏的态度来表现，读来别有一番深刻。正如沈德潜所指出："故作豪饮旷达之词，而悲感已极。"（《唐诗别裁》）这种寓庄于谐的创作手法，经常为诗人们所采用。

《诗经·卫风·淇奥》有云："善戏谑兮，不为虐兮。"意思是说喜欢和人开玩笑，并不油腔与滑调。其实要掌握这个分寸并非易事，不少诗人在采用"谐"的表现手法时，往往会堕入油腔滑调与低级趣味之中。试看韩愈的《赠刘师服》诗：

羡君齿牙牢且洁，大肉硬饼如刀截。
我今呀豁落者多，所存十余皆兀臲。
匙抄烂饭稳送之，合口软嚼如牛呞。
妻儿恐我生怅望，盘中不饤栗与梨。
只今年才四十五，后日悬知渐莽卤。
朱颜皓颈讶莫亲，此外诸余谁更数？
忆昔太公仕进初，口含两齿无赢余。
虞翻十三比岂少，遂自惋恨形于书。
丈夫命存百无害，谁能检点形骸外？
巨缗东钓傥可期，与子共饱鲸鱼脍。

由于仕途的坎坷，韩愈对人生世相看得比较透彻，所以胸中的牢骚愤懑常常以戏谑语出之，也就形成他那似庄而谐、似正而奇的诗风特色。但是他在把握庄与谐、正与奇的相互关系时往往失衡，从而导致浮滑庸俗、信口成章的恶习。如陈沆就曾指出其《嘲鼾睡》诗有"过谐近俳"的缺点（见《诗比兴笺》）。这首诗亦患同病，由于一味逗趣发噱而无深意，几近于打油诗。柳宗元曾云："嬉笑之怒，甚乎裂眦。"（《对贺者》）为何"嬉笑之怒"能"甚乎裂眦"？关键就在这种"嬉笑"并非是消极玩世、滑稽弄语，而正如刘勰所云："其辞虽倾回，意归义正也。"（《文心雕龙·谐隐》）再看明人沈君烈的《病齿》诗：

三日对书不能读，支颐摇首双闭目。
半口无角微觉肉，涎流于面下及腹。
老大不好作儿哭，回声强笑吻角缩。
欲设痛喻无其族，略似钝斧斫湿木。
嗟呼！此牙咬菜啖豆粥，世间残颏学不熟。
贵人名字呼奴仆，得毋以此消齿福，所以齿中有鬼伏?

此与韩诗相仿，以滑稽语以取笑乐，缺乏深刻的思想主题。林纾有云："凡文之有风趣者，不专主滑稽言也。风趣者，见文字之天真，于极庄重之中，有时风趣间出。然亦由见地高，精神完，于文字境界中绰然有余，故能在不经意中涉笔成趣。"（《春觉斋论文》）这是说，"谐"不是靠有意追求得来的，而应该是诗人人生态度的自然流露。谐而入滑之作由于为谐而谐，所以严格地说只是一种文字游戏。

刻意尖巧

我国传统的美学观是尚拙非巧的，如陈师道云："宁拙毋巧，宁朴毋华，宁粗毋弱，宁僻毋俗，诗文皆然。"（《后山诗话》）然而诗歌创作的实际情况是，诗人并不全废巧言。最为典型的是杜甫《水槛遣心二首》中的"细雨鱼儿出，微风燕子斜"一联，叶梦得在《石林诗话》中指出：

> 诗语固忌用巧太过，然缘情体物，自有天然工妙，虽巧而不见刻削之痕。老杜"细雨鱼儿出，微风燕子斜"，此十字殆无一字虚设。雨细著水面为沤，鱼常上浮而淰，若大雨则伏而不出矣。燕体轻弱，风猛则不能胜，唯微风乃受以为势，故又有"轻燕受风斜"之语。

这一联所以成为历代传诵的名句，正如叶梦得所言，得之于诗人的体物入微，用巧而见工。叶氏的论述，亦颇有助于我们对诗歌之“巧”的理解，即这种巧应该是浑然天成、不见刻削之痕的巧，而不是刻意造作、钓奇立异的巧，不少用巧之作受到非议，往往是在以巧为巧，巧而露尖。试看晚唐李洞的《赠曹郎中崇贤所居》诗：

闲坊宅枕穿宫水，听水分衾盖蜀缯。
药杵声中捣残梦，茶铛影里煮孤灯。
刑曹树荫千年井，华岳楼开万仞冰。
诗句变风官渐紧，夜涛春断海边藤。

诗的颔联乃是李洞名句，刻画孤寂凄苦情景可谓逼真，但正如清人田同之所云：“句非不工，而语意俱尽，殆纤巧而非大雅者。”（《西圃诗说》）此联的意思是说：睡梦中，传来阵阵药杵的声音，似乎要将梦境捣成碎片；茶铛上，映衬出孤独微燃的光影，似乎是茶铛在煮着烛灯。从写景、造句、对偶的角度分析，这两句都已涉尖巧，露出刻意经营的痕迹。谢榛曾将柳宗元《夏昼偶作》的“日午独觉无余声，山童隔竹敲茶臼”与之相比，认为柳作高于李作（见《四溟诗话》），恐怕就在柳诗天然自在，无咬文嚼字之态耳。

刻意尖巧的诗句，在李洞诗集中颇多可见。如“漱流星入齿，照镜月差肩”（《题玉芝赵尊师院》）；“烧移僧影瘦，风展鹭行疏”（《送从叔书记山阴隐居》）；“古苔秋渍斗，积雾夜昏萤”（《终南山二十韵》）；“风卷坏亭羸仆病，雪糊危栈蹇驴行”（《乙酉岁自蜀随计趁试不及》）；“税房兼得调猿石，租地仍分浴鹤泉”（《废寺闲居寄怀知己》）；等等，虽造语皆巧，得句皆奇，却思苦词艰，殊觉捏扭，终不免纤狭之病。

如何方能使作品做到巧而不尖、奇而不诡？诗僧皎然告诉我们：“取境之时，须至难至险，始见奇句。成篇之后，观其气貌，有似等闲，不思而得，此高手也。”（《诗式》）即作诗取境，必须经过深思苦索，方能炼得奇句。而成篇以后，还要使这个奇句并不显得突出，好像是随便写来。用罗大经的话说，就是“作诗必以巧进，以拙成”（《鹤林玉露》）。运巧于拙，则既可有巧的灵变，又可有拙的朴实，这样的作品读后自能觉其天然浑成，不见其用心用力之迹。

比重失当

“秦时明月汉时关，万里长征人未还。但使龙城飞将在，不教胡马度阴山。”王昌龄的这首《出塞》诗，意态雄健，音节高亮，历来称誉不绝。明代诗人李攀龙还推它为唐人七绝的压卷之作。唯独王夫之发出异辞：“至若‘秦时明月汉时关’，句非不炼，格非不高，但可作律诗起句，施之小诗，未免有头重之病。”（《姜斋诗话》）我以为，这一批评似未见其然。单看起句，确感语势颇重，难乎为继，而结合承转合三句来看，妙在铢两悉称，结构完美，言“头重”之病，难以令人心服。倒是王夫之从比重失当的艺术视角论诗，对我们颇有启发。一些诗歌作品确也存在这方面的问题。试看崔颢的《黄鹤楼》诗：

昔人已乘黄鹤去，此地空余黄鹤楼。
黄鹤一去不复返，白云千载空悠悠。
晴川历历汉阳树，芳草萋萋鹦鹉洲。

日暮乡关何处是？烟波江上使人愁。

据辛文房《唐才子传》载，李白登黄鹤楼本欲赋诗，因见崔颢此作，为之敛手，说："眼前有景道不得，崔颢题诗在上头。"后来李白到南京凤凰台游，摹仿崔诗，作《登金陵凤凰台》，有较胜负的意思。对于两诗的高下，历代议论纷纭，在此我们不作评判。若就诗的起首、中间、收结三者安置的匀称而言，则李要胜于崔。崔诗虽扣题而起，但一起就是四句，占了律诗的一半。因为过多地纠缠于黄鹤楼的神话传说，余意不免局促，只好以"晴川"两句匆匆过渡到尾联的感慨。全诗的头重之病是相当明显的。而李诗则不然。其诗如下："凤凰台上凤凰游，凤去台空江自流。吴宫花草埋幽径，晋代衣冠成古丘。三山半落青天外，二水中分白鹭洲。总为浮云能蔽日，长安不见使人愁。"同样以神话传说为开端，崔诗四句的内容，李诗只用两句便概括了。三四句已接触到主题，就历史陈迹兴起感慨了。接下再转回眼前的山被云遮、水为洲分之景，引出长安不见之愁。全诗头、身、尾三者的比重恰到好处，绝无崔诗的失调之感。再看刘禹锡的《西塞山怀古》诗：

王濬楼船下益州，金陵王气黯然收。
千寻铁锁沉江底，一片降幡出石头。
人世几回伤往事，山形依旧枕寒流。
今逢四海为家日，故垒萧萧芦荻秋。

此诗虽被前人赞为“唐人怀古之绝唱”（《东岩草堂评订唐诗鼓吹》），但不无可议之处。从内容的安排来看，八句中单言平吴之事就占去一半篇幅，作为一首七律而言，未免有头重脚轻之感。方东树说此诗“少顿挫沉郁”（《昭昧詹言》）；明人徐用吾说此诗“兴浅词竭”（《唐诗选脉会通评林》引）；清人陈世镕说此诗“第五句词意空竭，不能振荡”（《求志居唐诗选》），我们读后确有同感。形成这些问题的原因，恐怕就在诗人入手处，便费去许多笔墨，以下已无多少空间可用来容纳感慨了，故只得泛泛抚今追昔，草草终场。

韵度尚乏

胡应麟曾批评初唐七绝“韵度尚乏”(《诗薮》)。其所谓“韵”者，我的理解是指作品的内容在流动过程中所呈现的一种节奏感。因此，要探讨初唐七绝“韵度尚乏”的原因，当从它的语脉入手。

前人论绝句结构，以起承转合为常格。起是开端，承是衔接，转是转折，合是结尾。如李白的《早发白帝城》诗：“朝辞白帝彩云间，千里江陵一日还。两岸猿声啼不住，轻舟已过万重山。”首句是起，写早发白帝城。次句是承，以千里江陵一日可到补充说明首句。三句又起新意，转向对航程中水急船快特征的描写，末句以“轻舟已过”呼应“啼不住”作结。全诗由此表现出诗人遇赦东归的轻快心情。杨载云：绝句之法，“多以第三句为主，而第四句发之”；“至如宛转变化，工夫全在第三句，若于此转变得好，则第四句如顺流之舟矣”(《诗法家数》)。李诗便是由于三句的开宕气势，四句的发挥情思，而通首气韵生动，节奏舒畅。我以为，初唐绝句的“韵度尚乏”，问题多出在后二句上。试看杜审言的两首诗：

知君书记本翩翩，为许从戎赴朔边。
红粉楼中应计日，燕支山下莫经年。
（《赠苏绾书记》）

迟日园林悲昔游，今春花鸟作边愁。
独怜京国人南窜，不似湘江水北流。
（《渡湘江》）

胡应麟在《诗薮》中称赞这两首诗“工致天然，风味可掬”的同时，又指出两结皆“词竭意尽”。原因正恐在三、四句未作通常的转合，而是以对偶作结。施补华指出：“三四散易出风韵……三四对易致板滞。”（《岘佣说诗》）绝句本来就气局单促，三四句再用并列句式，意又不作流水呼应，自然给人节奏不舒、韵度尚乏之感。实际上，初唐之后的七绝也有这种毛病。如韩翃的《赠李翼》诗：

王孙别舍拥朱轮，不羡空名乐此身。
门外碧潭春洗马，楼前红烛夜迎人。

三四对仗工整，从侧面表现出富贵气象。北宋词人晏几道还曾将此联略作改动，用入自己的《浣溪沙》词中。但绝句采用这种“的对”形式作结，便呆滞刻板，余韵不足。历来选本都不选这首诗，恐怕就是这个缘故。

杜甫的绝句历来评价不高，其原因亦在“拘于对偶”（杨慎《升庵诗话》）。他作有近体绝句一百二十余首，而以对结者几近一半。读这些绝句，总感排比而板，意味短促，乏生动悠扬之趣。也不仅是绝句，杜甫的律诗偶尔亦有此失。试看《登高》诗：

风急天高猿啸哀，渚清沙白鸟飞回。
无边落木萧萧下，不尽长江滚滚来。
万里悲秋常作客，百年多病独登台。
艰难苦恨繁霜鬓，潦倒新停浊酒杯。

对这首名作，深于诗道的沈德潜曾指出：“结句意尽语竭，不必曲为之讳。”（《杜诗偶评》）纪昀对此批评颇赞同，认为“其言良是”（《瀛奎律髓刊误》）。我想原因便在对结的形式束缚了诗人新的意旨的表达，只得就第三联老病的情怀再作一番敷衍，故气韵不畅，其失也滞。

游骑无归

姜夔曾指出：诗歌作品“一篇全在尾句，如截奔马”（《白石道人诗说》）。从创作的角度看，这话说得并不确切。诗的首、身、尾三者应当并重，疏忽哪一方面，都难成为好诗。不过从阅读的角度看，这话说得又不无道理。因为结尾留给人的印象往往最深刻，有如李渔所云：“有前不甚佳，而能善其后者，即释手不得。闱中阅卷亦然。盖主司之取舍，全定于终篇之一刻。”（《窥词管见》）那么，怎样的结尾才称得上是“善其后者”呢？姜夔打了个比喻说是“如截奔马”，即能够收束文势，回到题面，而不是游骑无归。这个要求其实不高，甚至可以说是很基本的，可就是这样基本的要求，一些名家也未必全能达到。试看王禹偁的《过鸿沟》诗：

侯公缓颊太公归，项籍何曾会战机。
只见鸿沟分两界，不知垓下有重围。

危桥带雨无人过，败叶随风伴马飞。

半日垂鞭念前事，露莎霜树映斜晖。

鸿沟，在今河南郑州东。据史载，西汉高祖四年（前203），楚霸王项羽因难抵挡汉王刘邦的进攻，便听从刘邦的使者侯公的劝说，归还汉王的父母妻子，并与汉王约，中分天下，割鸿沟而西者为汉，鸿沟而东者为楚。此诗便是诗人过鸿沟之感怀。首句的“缓颊”，意为婉言为人解劝；“太公归”，指项羽归还刘邦父母妻子之事。全诗由“侯公”入题，批评项羽轻信说客之言，以为划分了鸿沟便无战事。“只见”一联，通过鸿沟之约签订后，项羽解围而东归，而刘邦则听从张良、陈平的建议，乘楚军松懈之机，穷追猛打，于第二年便逼得项羽垓下自刎的史实，指出项羽目光短浅。以上所写，都是紧紧围绕着题意而展开的。但从第五句开始，便写得空泛，看不出与主题有什么关系，所以纪昀批评说：“后半游骑无归。”（《瀛奎律髓刊误》）

“游骑无归”与我们前文已批评的远离题意同是属于诗不切题之病，但两者略有区别。远离题意是认题有偏差，而“游骑无归”是开始能紧扣住主题，随后就渐渐脱离本位，以至如奔马之难勒住。再看王安石的《梅花》诗：

醉笔题诗紫界墙，梅花零落扑衣裳。

天香又杂杯中渌，春色还惊鬓上苍。
涉世何妨为白璧，流年未抵熟黄粮。
一吟起我平生志，今古冥冥出处忘。

前四句能就梅花而落笔，后四句便滑离开去，与题意全无干涉。作诗虽不必句句切题，但如此离题也未免失之太远了。

诗歌创作中有“宕开作结”一法，但宕开作结，别开一境，并非是抛开题意，不作收应，依然要兜裹全篇，补充题蕴。韩漉的《雨多极凉冷》便是未意识到这一点而导致“游骑无归”。诗云：

焉知三伏雨，已作九秋风。
木叶凉应脱，禾苗润必丰。
地偏山吐月，桥断水浮空。
鸡犬邻家外，鱼虾小市中。

尾联宕开，却全在题意之外，故无远神可言。

出语无端

出语无端，是指诗歌创作中下语没有来由，令人感到莫名其妙。韩琦的《次日早起西坟》就是这样一首诗：

风入旌旗撼晓光，两茔亲展喜非常。
浓阴蔽野瞻乔木，逸势横天认太行。
自叹重茵宁及养，纵垂三组敢夸乡。
路人或指荣虽甚，明哲何如汉子房。

韩琦是北宋大臣，仁宗时出为宰相。英宗即位，封魏国公。晚年出知乡郡后，祀坟之诗极多。以其当时身份，在祭先茔时露出功名富贵、光宗耀祖的满足之感，也无可厚非，然此诗次句“两茔亲展喜非常”所描述的心情，则实在令人不可思议。展墓虽非丧礼，而感念先人，要非可喜之事，真不知这个“喜非常”从何而来。他的《癸丑初拜先坟》诗亦有同病：

昼锦三来治邺城，古人无似此公荣。

首过先垅心还慰，一见家山眼自明。

酾酒故庐延父老，驻车平野问农耕。

便思解绶从田叟，报国惭惟万死轻。

此亦是故乡拜坟之作，字里行间有一种衣锦还乡的得意。然而其竟得意到自称为“此公”，真让人莫名其妙。拜先人而自称为“公”，可谓无礼，何况“此公”二字又非自道之辞。韩琦是名臣而非诗人，这恐怕是其作诗过于率意的原因吧。

出语无端的情况多出现在诗的对仗中。既然是对仗，就免不了有意安排。这种安排实在是一件难事，既要做到工整精当，间不容发，又要做到信口而出，不假人力。才力有限的诗人在挖空心思、搜尽枯肠仍难“凑”成对仗的情况下，便不惜用意附会，强为牵合，一些主观设想的任意发挥便由此而出。如张乔的《游歙州兴唐寺》诗：

山桥通绝境，到此忆天台。

竹里寻幽径，云边上古台。

鸟归残照出，钟断细泉来。

为爱澄溪月，因成隔宿回。

整体颇佳，唯第三联明显牵强。“残照”在“鸟归”之际，这自然不错，可“泉来”却不在“钟断”之后。又如宋人张舜民《次韵赋杨花》诗中有这样一联：

只恐障空飞似雪，从教糁径白于绵。

“障空飞似雪”，写出了杨花飞舞的情景，然对此情景何“恐”之有？

一般说来，出语无端是词不达意的问题，但有时也存在诗人心中的“意”本来就不够明晰的情况。将本来就不够明晰的意思表达出来，读者当然要莫名其妙了。试看皇甫曾的《寄刘员外长卿》诗：

南忆新安郡，千山带夕阳。
断猿知夜久，秋草助江长。
疏发应成素，青松独耐霜。
爱才称汉主，题柱待回乡。

诗的次句“千山带夕阳”意境颇佳，可第四句的“秋草助江长”就使人摸不着头脑。“秋草”如何来“助江长”？这个“助”字下得毫无来由。于此可见，诗人在创作中对“秋草”与“江长”两个意象之间的相互关系本来就没能把握。

自相抵牾

本文所说的自相抵牾，并非指某诗的前后矛盾或上下抵触，而是就某个诗人的整体创作而言的。如王安石《送潮州吕使君》诗云：

韩君揭阳居，戚嗟与死邻。
吕使揭阳去，笑谈面生春。
当复进赵子，诗书相讨论。
不必移鳄鱼，诡怪以疑民。
有若大颠者，高材能动人。
亦勿与为礼，听之汩彝伦。
同朝叙朋友，异姓接昏姻。
恩义乃独厚，怀哉余所陈。

诗从韩愈落笔，引出吕使君之去揭阳，希望他到达后，不要像韩愈那样作《祭鳄鱼文》，以诡怪之语疑民；也不要像韩愈那样与僧人大颠相往来，以虚妄佛语扰民。其《寄王逢原》诗亦云："孔子大道寒于灰……力排异端谁助我。"从这两首诗看，王安石似乎是个攘斥佛老者，然而其诗集中作禅语又不计数，仿寒山、拾得即至二十首，亦屡与释子酬答，显然并不以佛老为非。其自相抵牾如此。

自相抵牾之病多出现在一些高产诗人的创作之中。陆游是最为典型的一个。他作诗正如钱锺书所言"不耐沉潜""专务眼处生心"（《谈艺录》），因为随时即兴，摇笔即来，故自相抵牾处时时可见。试看两首诗：

通经本训诂，讲字极声形。
未尽寸心苦，已销双鬓青。
惧如临战阵，敬若在朝廷。
此是吾家事，儿曹要细听。
（《读经示儿子》）

一指头禅用不穷，一刀匕药去凌空。
汗牛充栋成何事，堪笑迂儒错用功。
（《冬夜读书有感》）

前诗讲读书要通训诂，辨声形，小心翼翼如临战场，恭恭敬敬似在朝廷，往往是未得穷经，便已皓首。后诗则一反前诗读书贵精贵博的观点，认为得天龙和尚的一指头禅，一生便受用不尽；得一勺九转之丹，服之三日便可成仙。汗牛充栋的书籍读来并无用处，不过是迂儒的错用功而已。两诗所议，显相抵牾。

自相抵牾现象的发生有诗人早年识见未定的原因，如大儒朱熹，年轻时作诗为佛老之言者颇多，尔后则完全归心立命于儒家，视二氏为异端。这种自相抵牾乃是思想的变化发展使然，故不足深责。而那些今日以此为是，明日又以此为非的反复无常之作，则就不是我们所能原谅的了。试看陆游同作于庆元六年（1200）冬的两首诗：

放翁晨兴坐龟堂，古铜匜烧海南香。
临目接手精思床，身如槁木心如墙。
八十一章独置傍，徐起开读声琅琅。
恍然亲见古伯阳，袂属关尹肩庚桑。
孰能试之出毫芒，末俗可复跻羲黄。
阴符伪书实荒唐，稚川金丹空有方。
人生忽如瓦上霜，勿恃强健轻年光。
（《读老子》）

与世已如风马牛，松风终日听飕飗。
一炉丹熟定不死，半瓮酒香安得愁？

腰带鞓前秋万顷，香炉峰下水交流。

人间事事皆须命，惟有神仙可自求。

（《读仙书作》）

前诗谓丹经丹方无用，后诗则言万事皆命，神仙可求。同时所作，便两意抵牾。又如其作于嘉泰元年（1201）的《金丹》诗云："子有金丹炼即成，人人各自具长生。"而作于其后三年的《悯俗》诗又云："老氏五千本清静……万卷丹经尽糟粕。"这些本非心得、聊遣诗兴之作，读者只可姑且听之，若据为典要，则顿如南辕北辙之背矣。

句调稠叠

所谓句调，指的是诗句的文辞格调。在一首诗里，特别是近体诗，不仅连接各联的句式不应雷同，就是连接各联的句调也不应稠叠，否则，仍会使诗篇显得单调刻板。试看宋代诗人陈合的《杭州喜江南梅度支至》诗：

公望当年最得君，画图城郭喜同群。
门前碧浪家家海，楼上青山寺寺云。
松下玉琴邀鹤听，溪边台石共僧分。
情多景好知难尽，且倒金樽任半醺。

中间二联因将“门前”“楼上”“松下”“溪边”四个类同字面配置在一起，形成为重复的句调，故读来呆板可厌。王维的《九成宫避暑》诗亦如此：

帝子远辞丹凤阙，天书遥借翠微宫。
隔窗云雾生衣上，卷幔山泉入镜中。
林下水声喧语笑，岩间树色隐房栊。
仙家未必能胜此，何事吹笙向碧空。

因三四有“衣上”“镜中”，五六又有“林下”“岩间”，所以明人王世懋说此诗：“在彼正自不觉，今用之，能无受人揶揄？”(《艺圃撷余》)

诗中用虚字能增强节奏感，但若配置不得法，亦会造成句调稠叠之病。试看项斯的《送宫人入道》诗：

愿随仙女董双成，王母前头作伴行。
初戴玉冠多误拜，欲辞金殿别称名。
将敲碧落新斋磬，却进昭阳旧赐筝。
旦暮烧香绕坛上，步虚犹作按歌声。

中四句皆以虚字装头，并都下连一个动词，句调十分单一，从而也导致了表现内容的狭窄。

一首诗中，句调之稠密重叠为艺术戒律所不许；不同诗中，句调之千篇一律亦为艺术法则所避忌。朱彝尊就曾拈出过陆游诗集中八十余联以“如”对“似”句调。试看下面例子：

闲似白鸥虽自许，健如黄犊已无缘。(《曾原伯屡劝居城中……》)

饮似长鲸快吸川，思如渴骥勇奔泉。(《吊李翰林墓》)

身似野僧犹有发，门如村舍强名官。(《成都岁暮始微寒小酌遣兴》)

衰如蠹叶秋先觉，愁似鳏鱼夜不眠。(《晚登望云》)

身如巢燕临归日，心似堂僧欲动时。(《秋日怀东湖》)

心如秋燕不安巢，迹似春萍本无柢。(《秋夜遣怀》)

句调如此稠叠，确如朱彝尊所谓“读之终卷，令人生憎”(《书剑南集后》)。被称为清诗“一代正宗”的王士禛，句调亦常常落套，如下面诗例：

秦州驿里应回首，不见杨花入故宫。(《书蜀梼杌一绝句》)

而今明月空如水，不见青溪长板桥。(《秦淮杂诗

二十首》之十二）

栖鸦流水空萧瑟，不见题诗纪阿男。（《秦淮杂诗二十首》之十九）

先生只向江南老，不见天山雪打围。（《为高念东侍郎题文衡山画二首》之二）

风流不见秦淮海，寂寞人间五百年。（《高邮雨泊》）

青芜不见隋宫殿，一种垂杨万古情。（《冶春绝句十二首》之四）

以上列举的“不见”调式，只是其诗集《渔洋精华录》中的一部分，至于其诗歌全集之中，“不见”或变相“不见”的句调，更是层见叠出，不遑枚举，简直可称为“王不见”。

落入格套

袁枚在《随园诗话》中曾引陆钛语："凡人作诗，一题到手，必有一种供给应付之语，老生常谈，不召自来。"其实，在诗歌创作中，每个诗人都难免会遇到这样的情况。从文艺心理学的角度分析，创作离不开联想，联想起于习惯，而习惯又老是喜欢走熟路。熟路最具有引诱力，一人走过，人人就都跟着走。皎然在《诗议》中就曾批评当时的创作："如送别诗，'山'字之中，必有'离颜'；'溪'字之中，必有'解携'；'送'字之中，必有'渡头'字；'来'字之中，必有'悠哉'。如游寺诗，'鹫岭''鸡岑''东林''彼岸'。语居士以谢公为首，称高僧以支公为先。"（《文镜秘府论》引）这些格套语的形成，便是创作的惰性使然。

诗歌创作除了文字的落套外，还有结构的落套与意境的落套。纪昀在评杜审言的《登襄阳城》时指出："子美《登兖州城》诗，与此如一板印出。此种初出本佳，至今日辗转相承，已成窠臼，但随处改换地名，即可题遍天下，殊属捷便法门。"（《瀛奎律髓刊误》）杜氏祖孙开创了律诗这种首二句点事，三四句写形势，五六句写古迹，末联恰好接感怀的结构形式，有了这个好榜样，后代诗人遂偷起懒来，都仿效着这个结构作诗。这虽然方便省力得多，作品的声色格调也差不到哪里，但毕竟落套，稍多涉猎一些后，就令人感到厌倦。所以纪昀进一步指出："学盛唐者，先须破此一关，方不入空腔滑调。"不过，欲破此关，也不容易，一些盛唐诗的本身也有窠臼。我们从刘希夷的"但看古来歌舞地，惟有黄昏鸟雀悲"（《代悲白头翁》）；张说的"试上铜台歌舞处，惟有秋风愁杀人"（《邺都引》）；孟浩然的"岩扉松径长寂寥，惟有幽人夜来去"（《夜归鹿门山歌》）；高适的"年代凄凉不可问，往来惟有水东流"（《古大梁行》）；李白的"宫女如花满春殿，只今惟有鹧鸪飞"（《越中览古》）等诗句中，不难看出同一模式的思路。

意境的落套以宋词为例。柳永《倾杯乐》云"梦难极，和梦也、多时间隔"；欧阳修《玉楼春》云"故攲单枕梦中寻，梦又不成灯又烬"；晏几道《阮郎归》云"梦魂纵有也成虚，那堪和梦无"；秦观《满园花》云"从今后，休道共我，梦见也、不能得勾"；宋徽宗《燕山亭》云"怎不思量，除梦里有时曾去，无据，和梦也新来不做"；吕渭老《鹊桥仙》云"打窗风雨又何消，梦未就，依前惊破"；陆游《蝶恋花》云"只有梦魂能再遇，堪嗟梦不由人做"。以上词句，途辙相同，均是于不能寐之前，平添欲通梦一层转折。这样的意境，首唱为绝调，后人为优孟者，家窃而户攘之，遂浸成格套。所以李渔曾经感叹："填词之难，莫难于洗涤

窠臼；而填词之陋，亦莫陋于盗袭窠臼。”（《闲情偶记》）

黄宗羲云：“吾辈诗文，无别法，但最忌思路太熟耳。思路太熟则必雷同。”（《陆鉁俟诗序》）欲抵制思路走熟道的诱惑，除了下笔必须精心独运、自出心裁，最为关键的还是要有自己的生活感受，有了真情实感，作品自能别开生面。

时空错乱

诗歌离不开时间与空间这两个要素。一般说来，时间与空间总是交织在一起的，也就是说什么样的时间必然对应着什么样的空间。但诗人也常常通过独特的艺术构思，在时空交织中生出各种变化。试看李商隐的《夜雨寄北》诗：

君问归期未有期，巴山夜雨涨秋池。
何当共剪西窗烛，却话巴山夜雨时。

从全诗的时空来看，有今日巴山夜雨之时空，有他日剪烛西窗之时空，在他日剪烛西窗之时空中，又有今日巴山夜雨之时空。因此，在时空的交织中，除了此时此地及彼时彼地的时空对应外，又互为回环错综，即此时此境交织了彼时彼境，彼时彼境交织了此时此境。全诗虚实相生，往复多姿，显示了极高的艺术技巧。

时空的交织虽可由诗人自由变化，但并不意味诗人可以不顾实际、随心所欲地组合。《夜雨寄北》一诗的时空错综，便是根据诗人感情表达的需要来作安排的，从而曲折蕴藉地反映出诗人客居异地的孤寂心情与对家人的深切思念。而我们发现，有些作品的时空交织毫无理性可言，乃是一种实实在在的错乱。杨万里的《闲居初夏午睡起二绝句》之一便是这样一首诗。其诗如下：

梅子留酸软齿牙，芭蕉分绿与窗纱。
日长睡起无情思，闲看儿童捉柳花。

从时空的角度来分析，诗的起句写时间，次句写空间，三句又写时间，四句仍写空间。前二句的“梅子留酸”与“芭蕉分绿”，正是初夏风景，不仅时空相契，亦与诗题吻合。然紧接而出现的第二个时空画面，便令人匪夷所思。“日长睡起”承“梅子留酸”而来，时间未变，但所对应的空间却是“儿童捉柳花”，初夏之际，安得复有柳花可捉？诗人之失检如此。

日僧遍照金刚在《文镜秘府论》中曾拈出诗文的“落节”之病，他以《咏春诗》“何处觅消愁，春园可暂游。菊黄堪泛酒，梅红可插头”为例，指出：“菊黄泛酒，宜在九月，不合春日陈之；或在清朝，翻言朗夜，并是落节。”很显然，其所谓的“落节”也就是我们所说的时空错乱。可是也有人并不以此为病，如王士禛在《池北偶谈》中说：

> 世谓王右丞画雪中芭蕉，其诗亦然。如“九江枫树几回青，一片扬州五湖白”，下连用兰陵镇、富春郭、石头城诸地名，皆寥远不相属。大抵古人诗画，只取兴会神到，若刻舟缘木求之，失其指矣。

诗画作品是兴会神到的产物，读者不可过于求实，不必按图索骥，此说非谓不确，但讲兴会神到总不见得就能意本咏春而杂陈秋事吧。明人谢肇淛曾就王维的《袁安卧雪图》指出："王右丞雪中芭蕉，虽闽广有之，然右丞关中极寒之地，岂容有此耶?”(《文海披沙》) 袁安卧雪是在洛阳，而非岭南，雪中芭蕉所造成的时空错乱，终究是白璧之瑕。白璧之瑕，终不如无瑕，所以就诗人而言，不可因讲兴会神到而违反自然，不拘小节。

徇情应俗

方回在《瀛奎律髓》中载有关于秦观的一则笑柄。某中秋节，一贵人设宴欢庆，秦观被邀参加，并在席间作了一首颂诗《中秋口号》，诗末联原写“二十四桥人望处，台星正在广寒宫”，因是夜无月，遂改尾句为“自是我翁多盛德，却回秋色作春阴”。人们因以“晴雨翻覆手”嘲之。方回由此生发感叹：“生日诗、致语诗，皆不可易为，以其徇情应俗而多谀也。”

生日诗、致语诗均为应酬之作，多以庆喜颂祷期望为意，当然也就免不了要赞美颂德。王充曾云：“誉人不增其美，则闻者不快其意；毁人不益其恶，则听者不惬于心。”（《论衡》）为了应俗，诗人往往就会曲意奉迎，从而在诗中迷失自己的性情乃至人格。这种情况在生日诗中尤为突出。

生日诗始盛于宋。清人吴仰贤云：“生日祝嘏，起于后代。余观唐人诗集中无题不备，独无祝嘏词。惟李郢有《为妻作生日寄意》一律，中云‘鸳鸯交颈期千岁，琴瑟谐和愿百年’，殊觉村俗。自宋以来，此礼盛行，施之达官居多，连篇累牍，附会献谀，真恶趣也。”（《小匏庵诗话》）这一论述，并不过分。试看郭居安的一首《声声慢·寿贾师宪》词：

捷书连昼，甘洒通宵，新来喜沁尧眉。许大担当，人间佛力须弥。年年八月八日，长记他、三月三时，平生事，想只和天语，不遣人知。　　一片闲心鹤外，被乾坤系定，虹玉腰围。阊阖云边，西风万籁吹齐。归舟更归何处，是天教、家在苏堤。千千岁，比周公，多个彩衣。

贾师宪者，南宋权臣贾似道也。其姐贾贵妃因被理宗所宠，故屡蒙超擢。度宗即位，以其有定策功，称为“师臣”。其当国日，不顾民族安危，穷奢极欲，于西湖边起楼台亭榭，作半闲堂，建多宝阁，日淫乐其中。词中所云“归舟”，即其舫斋名。据载，每年八月八日贾之庆诞日，四方献诗拍马者以数千计，这首词因谀颂功德，粉饰承平，颇获贾的欢心，故得首选，郭居安也因此自仁和宰除官告院。词中所对贾的恭维简直到了令人肉麻的程度，连贾似道本人读后也不好意思起来，对宾客说：“此词固佳，然失之太俳，安得有著彩衣周公乎？”这种作品正如周密所评：“皆谄词呓语耳。”（《齐东野语》）历代许多选本对生日之作一概不录，也就在于它的多谀。

致语诗比生日诗的面广，举凡题赠、送别、贺庆、哀挽之题，均属其类。致语诗可以写好，唐人已为我们留下不少拔萃绝群之什。流于徇情应俗者，总在诗人以其酬应而捃摭套语以塞责，未能将己之性情流露于中。如高适《别王彻》云："吾知十年后，季子多黄金。"以黄金之多期人，无性无情，显然是在随俗应酬。这样的诗句，往往今日可咏，明日亦可咏之；此人可赠，他人亦可赠之。所以施闰章指出："赠送不情，仅同于充馈遗筐篚之具而已。"（《蠖斋诗话》）

立意浅近

诗之所贵者意也，正如王夫之所云："无论诗歌与长行文字，俱以意为主。意犹帅也。无帅之兵，谓之乌合。"（《夕堂永日绪论内编》）然有"意"与无"意"，还仅仅是诗歌创作过程中的第一个层面，进一步，就要讲求意之高下，也就是立意的深远与浅近。黄彻在《䂬溪诗话》中便有一段从立意的角度对作品的比较分析：

> （杜甫）《剑门》云："吾将罪真宰，意欲铲叠嶂"，与太白"捶碎黄鹤楼""刬却君山好"语亦何异。然《剑阁》诗意在削平僭窃，尊崇王室，凛凛有忠义气。"捶碎""刬却"之语，但觉一味粗豪耳，故昔人论文字，以意为上。

"捶碎黄鹤楼"，出自李白的《江夏赠韦南陵冰》诗，谓捶碎黄鹤楼，则眼界更为空阔。"刬却君山好"，出自李白《陪侍郎叔游洞庭，醉后三首》之三，谓划去君山，湘水可不受阻挡地向前奔流。这两句都是醉后所发狂言，虽写得意气豪迈，但见不出什么深意，故不为黄彻所赏。杜诗讲剑门乃古今厄塞，有利于地方凭险割据，所以说要责备天公，削平剑阁。诗句中含有作者主张国家统一、反对分裂割据的思想，立意深远，故黄彻读来觉“凛凛有忠义气”。

杨载指出：“立意，要高古浑厚，有气概，要沉著。忌卑弱浅陋。”（《诗法家数》）卑弱浅陋，总在描写琐屑，无大涵容，如郑谷的《雪中偶题》诗：

乱飘僧舍茶烟湿，密洒歌楼酒力微。
江上晚来堪画处，渔人披得一蓑归。

叶梦得批评此诗“气格如此其卑”（《石林诗话》）；清人朱庭珍批评此诗“格意卑俗”（《筱园诗话》）。格卑者，思想平庸、境界不高之谓也，这与诗人只专注于琐细的刻画不无关系。所以苏轼认为“此村学中诗也”（《洪驹父诗话》引）。又如贾岛的《题皇甫荀蓝田厅》诗：

任官经一年，县与玉峰连。
竹笼拾山果，瓦瓶担石泉。
客归秋雨后，印锁暮钟前。

久别丹阳浦，时时梦钓船。

此诗虽不乏佳处，但意蕴不足，仅仅是巧于点缀小景耳，故纪昀责为“太僻、太碎、太狭小、太寒俭耳”（《瀛奎律髓刊误》）。古人所谓炼句不如炼意，正是要求诗人深于命意，而不是只求工于字句耳。曹松的《古冢》诗亦如此：

代远已难问，累累次古城。
民田侵不尽，客路踏还平。
作穴蛇分蛰，依冈鹿绕行。
唯应风雨夕，鬼火出林明。

描写虽能尽古冢之态，然读来总觉浅近，不耐咀嚼。其原因便在诗人抛落正意，只着眼在个别细节的刻画上，虽偶有风致，却琐屑不可观。方回正是看到了诗歌创作中的这一现象，所以在借评姚合诗时告诫说：“予谓诗家有大判断，有小结裹。姚之诗专在小结裹，故‘四灵’学之。五言八句，皆得其趣，七言律及古体则衰弱不振。又所用料，不过花、竹、鹤、僧、琴、药、茶、酒，于此几物，一步不可离，而气象小矣。是故学诗者必以老杜为祖，乃无偏僻之病云。”（《瀛奎律髓》）

景不谐情

刘勰在《文心雕龙·物色》中谈到情与景的关系时曾指出："写气图貌，既随物以宛转；属采附声，亦与心而徘徊。"意思是说，诗人在描绘自然景物时，既要贴切其形状，亦要与自己的感情相融合。刘勰的这一论述，在诗歌理论史上具有开创意义，"情景交融"因而成为诗歌创作的一条重要美学原则。从诗歌创作的实际情况来看，要达到情景水乳交融、浑然一体并不是一件容易的事，虽名家有时亦难完美。试看陆游的《秋夜示儿辈》诗：

吴下当时薄阿蒙，岂知垂老叹途穷。
秋砧巷陌昏昏月，夜烛帘栊袅袅风。
缩项鳊鱼收晚钓，长腰粳米出新砻。
儿曹幸可团圞语，忧患如山一笑空。

此诗作于其晚年退居山阴（今浙江绍兴）时。前二句点出自已垂老途穷之可叹，然接连描写的却是朦胧淡月照深巷，袅袅轻风透帘栊，更有缩项鳊鱼之味美，长腰粳米之饭香。情景交融的基本要求是情哀则景哀，情乐则景乐，而此诗的感情与景物之间如此不谐，不由令人对其是否真有所叹产生怀疑。再看黄庭坚的《浣溪沙》词：

> 新妇矶头眉黛愁，女儿浦口眼波秋。惊鱼错认月沉钩。　青箬笠前无限事，绿蓑衣底一时休。斜风吹雨转船头。

上半阕是词人为渔父所安排的活动环境，下半阕则直接描写渔父的淡怀逸致。作者曾自诩："此乃真得渔父家风也。"根据情与景会、景与情合的原则，词中所绘之景应与渔父悠然自得的心境相融浃，如张志和《渔父》词"西塞山前白鹭飞，桃花流水鳜鱼肥"之写景，即透露出渔父淡泊闲适的意趣。而此词所写之景"新妇矶头眉黛愁，女儿浦口眼波秋"，与渔父的情调实难相协，似乎在写一个风流浪子。所以苏轼有云："才出新妇矶，又入女儿浦，此渔父无乃太澜浪也。"（见《苕溪渔隐丛话》）

当然，欲写己情之悲，非必强言自然景物为凄风苦雨；欲写己情之愉，非必强言自然景物为风和日丽。情与景既相辅相成，亦相反而相成。如《诗经·小雅·采微》"昔我往矣，杨柳依依。今我来思，雨雪霏霏"，往伐，悲也；来归，愉也。往而咏杨柳之依依，来而叹雨雪之霏霏，正如王夫之所指出的：“以乐景写哀，以哀景写乐，一倍增其哀乐。”（《姜斋诗话》）但也必须明白，这种情景相睽是一种反衬手法。我们说的景不谐情之不能归属此类，乃是因为作品缺乏有力的反衬。试看张说的《幽州夜饮》诗：

凉风吹夜雨，萧瑟动寒林。
正有高堂宴，能忘迟暮心。
军中宜剑舞，塞上重笳音。
不作边城将，谁知恩遇深！

说此诗写感念皇恩吧，则边寒之地，迟暮之年，寒雨之夜，给人满腔萧瑟之感。说此诗写不乐居边吧，则聚宴高堂，舞剑吹笳，已忘迟暮之心，颇知恩遇之深，又含激烈图报之意。正是因为反衬不够强烈而集中，全诗不惟景不谐情，连主旨也难明了。

气象狭促

刘熙载在《艺概·文概》中指出："文之要，本领气象而已。本领欲其大而深，气象欲其纯而懿。"气象是什么？刘熙载没有作解释，但其在《艺概·诗概》中说："诗无气象，则精神亦无所寓矣。"由此可见，他将气象视作精神所寓的东西。

气象既与精神相连，自然也就与诗人的胸襟有关。蔡绦的《西清诗话》中有这方面的论述：

> 洞庭天下壮观，自昔骚人墨客题之者众矣。如"水涵天影阔，山拔地形高"，"四顾疑无地，中流忽有山"，"鸟飞应畏堕，帆远却如闲"，皆见称于世。然未若孟浩然"气蒸云梦泽，波撼岳阳城"，则洞庭空旷无际，气象雄壮如在目前。至子美诗，则又不然。"吴楚东南坼，乾坤日夜浮"，不知少陵胸中吞几云梦也。

同是描绘洞庭，杜诗气象最为宏放，蔡绦指出，这是“少陵胸中吞几云梦也”。宋代有个张右丞，曾以为杜诗之妙在于“一句能说数百里，能说两军州，能说满天下”。他举例说：“‘吴楚东南坼’，是一句说半天下。至如‘乾坤日夜浮’，即是一句说满天下。”（见《环溪诗话》）如此说杜诗，实在是入魔了。若以“乾坤日夜浮”为满天下句，则凡句中言天地、华夷、宇宙、四海者，皆足以当之，何不可及？气象的宏放与狭促，表面上看是艺术表现力的高下，实质上是胸襟大小的问题。《杜诗言志》说得好：“夫洞庭之大，而不知关山之北，其为戎马战斗之场，更有大于此者。”诗人面对洞庭，所见所思已不仅是天地乡国，为之凭轩流涕的也不止于个人遭际。他在忧虑着国家的命运，民族的前途。这样的胸襟抱负，自非孟浩然辈所能及。

气象狭促之作，总超不出眼前所见所历，具体的感受也往往局限在个人生活的范围之内。试看唐人章八元的《游慈恩寺塔》诗：

十层突兀在虚空，四十门开面面风。
却怪鸟飞平地上，自惊人语半天中。
回梯暗踏如穿洞，绝顶初攀似出笼。
落日凤城佳气合，满城春树雨蒙蒙。

慈恩寺塔，即今陕西西安之大雁塔。盛唐诗人高适、岑参、储光羲、薛据、杜甫等都有吟咏。高适的描写是："秋风昨夜至，秦塞多清旷。千里何苍苍，五陵郁相望。"岑参的描写是："秋色从西来，苍然满关中。五陵北原上，万古青蒙蒙。"杜甫的描写是："秦山忽破碎，泾渭不可求。俯视但一气，焉能辨皇州。"这些诗句，不仅写出了登临时所感受到的极目千里的旷远，同时也透露出历史的永恒感。所以高棅赞为"皆雄浑悲壮，足以凌跨百代"(《唐诗品汇》)。相比之下，章八元的"回梯暗踏如穿洞，绝顶初攀似出笼"，胸襟狭小，气象局促，宜为王士禛所讥："真鬼窟中作活计，殆奴仆儓隶之不如矣。"(《居易录》)身处相同的时代，且都是以登慈恩寺塔为题，何以在章八元的笔下就成低劣之作？关键就在其胸无蕴涵。所以沈德潜说："有第一等襟抱，第一等学识，斯有第一等真诗。"(《说诗晬语》)

比附有痕

咏物之作，要托物以伸意。而如何托意，却大有讲究。况周颐曾云："词贵有寄托。所贵者流露于不自知，触发于弗克自已。身世之感，通于性灵。即性灵，即寄托，非二物相比附也。"（《蕙风词话》）也就是说，寓意必须是作者的真情实感，是"弗克自已"的由衷之言的自然流露，而不是下笔之先就有意为寄托，使作品成为概念的图解。周济也有类似的论述："初学词求有寄托，有寄托则表里相宣，斐然成章。既成格调，求无寄托，无寄托则指事类情，仁者见仁，知者见知。"（《介存斋论词杂著》）其所谓"无寄托"，非不寄托，而是要求寄托出之于浑融，令读者若可见若不可见，若可喻若不可喻。拿这一标准来衡量，则姜夔的名作《疏影》便有可议之处。词如下：

苔枝缀玉，有翠禽小小，枝上同宿。客里相逢，篱角黄昏，无言自倚修竹。昭君不惯胡沙远，但暗忆江南江北。想佩环、月夜归来，化作此花幽独。　　犹记深宫旧事，那人正睡里，飞近蛾绿。莫似春风，不管盈盈，早与安排金屋。还教一片随波去，又却怨玉龙哀曲。等恁时、重见幽香，已入小窗横幅。

此为咏梅之作。词中“昭君”“胡沙”“深宫”“金屋”等喻，透露出家国之悲。郑文焯云：“此盖伤二帝蒙尘，诸后妃相从北辕，沦落胡地，故以昭君托喻，发言哀断。”（《白石道人歌曲校》）所言甚明。其中“昭君不惯胡沙远”几句，借昭君来指被金人俘虏北去的后宫嫔妃，自无不可，但昭君与梅花无甚干涉，所以作者便虚构昭君死后怨魂化作眼前清怨的梅花，使她跟梅花相联系。用心可谓良苦，却也露出刻意的痕迹。托物寄意，外须穷形尽相，内须含情蓄义，内外相合无间，才能两全其美。而这里，作者因为是将托意强入词中，故而梅之本身无法涵盖诗人的思想情感，也就使得外象内意难达浑融之境。李商隐的《赋得鸡》亦有此憾。诗如下：

稻粱犹足活诸雏，妒敌专场好自娱。
可要五更惊稳梦，不辞风雪为阳乌？

《战国策·秦策》云：“诸侯不可一，犹连鸡不能俱止于栖，亦明矣。”此诗即取其“连鸡”之义，刺藩镇割据世袭，稻粱食料已足以哺雏，犹彼此为私利而敌视征战，以独霸全场为乐。虽表面上秉承王命，实则不愿尽忠朝廷。冯浩谓此诗“当为讨泽潞、宣谕河朔三镇时作”（《玉溪生诗集笺注》），颇可发明诗意。纪昀评云：“此纯是寓意之作，然未免比附有痕，嫌于粘皮带骨矣。”（《玉溪生诗说》）确实，从全诗看，情意与物象之间未能完全融洽。“可要五更惊稳梦，不辞风雪为阳乌”二句，分明是在把作者自己的主观意志强加在客观物象之上，读后可明显地感觉到，作者乃因寄托而为此诗，非为此诗而寄托者出焉。所以纪昀指出：“凡咏物托意须浑融自然，言外得之，比附有痕，所最忌也。”（同上）

未称题情

作诗须切题，然切题而未称题情，亦不算完美。《唐才子传》载有这样一个故事：诗僧齐己写了一首《早梅》诗，去求教于郑谷。郑谷读后就诗中“前村深雪里，昨夜数枝开”一联指出：“‘数枝’非早也，未若‘一枝’佳。”齐己深为佩服，遂拜郑谷为“一字师”。“数枝”非不切题，但就题情而言，“一枝”无疑更贴切“昨夜”才开的早梅景象。《寒厅诗话》也载有类似的例子。张橘轩有诗曰：“半篱流水夜来雨，一树早梅何处春。”元好问认为，佳则佳矣，而有未安。既曰“一树”，乌得为“何处”？不如改“一树”为“几点”。“何处春”表明春的信息犹在若有若无之间，故应配以含苞欲放的“几点”早梅，而诗人所写花团簇簇的“一树”怒放，当是“处处春”而不是“早梅”景象，因而未称题情。

朱庭珍指出：“作诗先贵相题。题有大小难易，内中自有一定之分寸境界，作者务相题之所宜，以为构思命意之标准。”(《筱园诗话》）其所谓的“相题”，已不是一般意义上的诗依题行，而是更高层次上的如何尽展题情的问题。从唐宋诗坛看，杜甫的相题行事，最能注意到“一定之分寸境界”，如其《送孔巢父谢病归江东兼呈李白》诗，巢父本是“竹溪六逸”之一，又值其谢病而归，故语多带仙灵气，以与题情相称。而有的诗人对此就不够自觉，试看韦应物的《寄李儋元锡》诗：

去年花里逢君别，今年花开又一年。
世事茫茫难自料，春愁黯黯独成眠。
身多疾病思田里，邑有流亡愧俸钱。
闻道欲来相问讯，西楼望月几回圆。

李儋，字元锡，当时任殿中侍御史。在这首寄赠之作中，诗人倾吐了对友人的思念与盼望，同时也抒发了自己矛盾苦闷的心情。全诗八句皆佳，尤其是第三联，历来备受称赞。然而此诗正如纪昀所说：“上四句竟是闺情语，殊为疵累。”（《瀛奎律髓刊误》）这便是诗人下笔之际未能把握题情的缘故。又如黄庭坚的《次韵雨丝云鹤二首》之一：

烟云杳霭合中稀，雾雨空蒙密更微。
园客茧丝抽万绪，蛛蝥网面罩群飞。
风光错综天经纬，草木文章帝杼机。

愿染朝霞成五色，为君王补坐朝衣。

雨似丝，云似鹤，诗题即由此而来，此首专咏雨丝。诗的下半部由雨丝而言及“天经纬”“帝杼机”“染朝霞”“补朝衣”，想象不可谓不丰富，但善辨诗的纪昀同样察出这些描写与题情不协的毛病：“‘风光’四句，小题大做，转不配题，如草香花媚之地，忽冠冕鼓吹以临之。”（《瀛奎律髓刊误》）再如林逋的《梅花》诗：

吟怀长恨负芳时，为见梅花辄入诗。
雪后园林才半树，水边篱落忽横枝。
人怜红艳多应俗，天与清香似有私。
堪笑胡雏亦风味，解将声调角中吹。

黄庭坚认为“雪后”一联要胜于诗人的“疏影横斜水清浅，暗香浮动月黄昏”二句。实际上，前者写未盛开之梅，后者写稍盛开之梅，难以分出甲乙。诗的结尾讲到胡人少年能在角声中吹出《落梅花》的曲调，虽未离题，然却不称题情，因为前面都是写梅花开放，用这样的结尾就不甚合适了。

形容失体

诗人在创作中，为了使读者对其所刻画的事物感受更深刻、印象更鲜明，往往要借助于形容的技巧。形容的手段有多种，比喻是一种形容，夸张也是一种形容。本文所说的形容则是指不包括比喻与夸张在内的对事物的形象或性质的一种描述，凡是这种描述不切合被描述者之本身的，就是失体。杜甫的名作《饮中八仙歌》就有此失。试看其中描写汝阳王李琎的一段：

汝阳三斗始朝天，道逢曲车口流涎，恨不移封向酒泉。

"饮中八仙"指的是贺知章等八个酒中之仙，诗人于描写中，各极生平醉趣，而都带仙气。此处在形容李琎"道逢曲车"时，用了"口流涎"三字。"口流涎"，摹写醉鬼倒无不适，而这里却用来描述醉仙之态，显然不够得体。陈与义的《雨》也是一首形容之词不合被形容之物的失体之作。诗如下：

霏霏三日雨，霭霭一园青。
雾泽含元气，风花过洞庭。
地偏寒浩荡，春半客岭嵘。
多少人间事，天涯醉又醒。

此诗乃是咏仲春之雨。连续三天的霏霏淫雨，再加上身处偏僻之地，诗人感觉到气候的寒冷也是合情合理的事，但令人不可思议的是作品中以“浩荡”来形容气候之寒。浩荡者，广阔壮大之谓也，多是就气势而言，以之形容天寒已不妥，更何况又是仲春之雨寒。

导致形容失体的原因在于滥用形容词，而滥用形容词，往往又是诗人贪求好句的结果。试看李梦阳的《秋望》诗：

黄河水绕汉边墙，河上秋风雁几行。
客子过壕追野马，将军弢箭射天狼。
黄尘古渡迷飞挽，白月横空冷战场。
闻道朔方多勇略，只今谁是郭汾阳？

诗的颈联句语轩昂，但只可远听，而不能细究。试想，月体如环，何以言“横”？月光遍地，又非“横”字所可形容。作者自以为特立不俗，却远离了情事。

有时，事物与事物之间的差别是很微妙的，若下笔时检点偶疏，就会有“失体”之误。试看刘长卿的《岳阳馆中望洞庭湖》诗：

> 万古巴丘戍，平湖此望长。
> 问人何淼淼，愁暮更苍苍。
> 叠浪浮元气，中流没太阳。
> 孤舟有归客，早晚达潇湘。

纪昀在《瀛奎律髓刊误》中评此诗云：“‘叠浪’二句似海诗，不似洞庭。工部‘乾坤日夜浮’句亦似海诗，赖‘吴楚’句清出洞庭耳。此工部律细于随州处。”这是说杜甫的“乾坤日夜浮”虽似海诗，然因上联有“吴楚东南坼”的限定，故以之形容浩浩荡荡的洞庭湖自然是切合的。刘长卿的“叠浪浮元气，中流没太阳”，则只言水而无关陆，所以读来只感觉是在形容大海，而不是在状洞庭。

行布无韵

“行布”一词，出自佛经，指的是排行布置。黄庭坚最早将其引入诗歌批评领域，其《次韵高子勉十首》之二云：“行布佺期近。”意谓高子勉的诗布置安排接近唐诗人沈佺期。行布既贵正体，即遍照金刚所说“凡制于文，先布其位，犹夫行阵之有次，阶梯之有依也”(《文镜秘府论》)；亦求通变，即范温所说“如行云流水，初无定质，出于精微，夺乎天造，不可以形器求矣”(《潜溪诗眼》)。用正用变，在看有韵无韵。行布无韵，便是布置得不够生动。试看郑谷的《淮上与友人别》诗：

> 扬子江头杨柳春，杨花愁杀渡江人。
> 数声风笛离亭晚，君向潇湘我向秦。

谢榛在《四溟诗话》中认为此诗的次第安排未当，末句应易作起句。这种看法遭到了后人的指责，贺贻孙说得最透彻：“盖题中正意，只‘君向潇湘我向秦’七字而已，若开头便说，则浅直无味，此却倒用作结，悠然情深，令读者低回流连，觉尚有数十句在后未竟者。”（《诗筏》）此诗末句与首句互置，未尝不顺理成章，然却行布无韵。因为在离亭笛声中，点出“君向潇湘我向秦”，便觉愁思缠绵，别意茫茫。以作发局所以无味，就在不相渲染，先已点破，而结尾云“数声风笛离亭晚，扬子江头杨柳春”，又似乎是离别之际在赞赏满目的杨柳春光，读者无法感受出客中送客的黯然伤魂之情。

王安石的《送人至清凉寺》倒是一首应该重新排列组合之作。其诗云：

断芦洲渚荠花繁，看上征鞍立寺门。

投老难堪与公别，倚岗从此望回辕。

何汶《竹庄诗话》卷九引《诗事》评此诗云：“‘看上征鞍立寺门’之句，为一篇警策，尤尽别离情意之实，古人未尝道也。若使置之断句尤佳，惜乎在第二语耳。譬犹金玉，天下贵宝，制以为器，须是安顿得宜，尤增其光辉。”这段话告诉我们，诗的警句还有赖于诗人巧妙的安排调度。“看上征鞍立寺门”之不能使全诗显出风韵，原因就在尾句的“倚岗从此望回辕”已点出望友人回来，故全诗毫无余韵可供读者回味了。若重新排列，将此句安插到末尾，言中之意便难穷尽，完全可与岑参《白雪歌送武判官归京》之结“山回路转不见君，雪上空留马行处”相媲美。

陈季的《湘灵鼓瑟》，在行布上与王安石诗有着同样的缺憾。诗如下：

神女泛瑶瑟，古祠严野亭。
楚云来泱漭，湘水助清泠。
妙指微幽契，繁声入杳冥。
一弹新月白，数曲暮山青。
调苦荆人怨，时遥帝子灵。
遗音如可赏，试奏为君听。

此与钱起《省试湘灵鼓瑟》乃同题之作。诗中“一弹新月白，数曲暮山青”一联，与钱诗的“曲终人不见，江上数峰青”意境颇相似，可历来只传诵后者，其原因就在前者行布无韵，正如纪昀所说：“钱置于篇末，故有远神，此置于联中，不过寻常好句。”（《唐人试律说》）陈季放篇中，下接“调苦荆人怨，时遥帝子灵”，诗的远韵自然就被破坏了。

体非其宜

写诗，首先要辨体，因为每一种诗体，都有它自己的特性。诗人的选择，只有适合和发挥这一诗体的特点，才能当行出色。袁枚在《随园诗话》中曾说："某画折兰小照，求题七古。余晓之曰：'兰为幽静之花，七古乃沉雄之作。考钟鼓以享幽人，与题不称。'"可见，他在创作时是颇注意随题成体的。

就诗体而言，主要有古风、律诗、绝句之分。体非其宜，就是将宜于此体表现之题材用彼体来表现，有如方凿圆枘。这主要有以下两种情况。

一是不宜古而用古，或宜古而不用古。试看两首诗：

骤浴未甚适，徐浴始陶然。
兰汤三沐后，颓然如醉眼。
问我何所似？如与妇交欢。
（李渔《新浴》）

长安九城路，戚里五侯家。

结束趋平乐，联翩抵狭斜。

高楼临远水，复道出繁花。

唯见相如宅，蓬门度岁华。

（皇甫冉《长安路》）

古风又有五古与七古之别。五古庄重质朴，有较强的叙事功能，故宜于表现严肃的主题，如杜甫的《自京赴奉先县咏怀五百字》《北征》等。李渔用如此庄重的诗体写洗澡这样的生活小事，并形容洗澡的快感胜过夫妻同房，实在是离谱太甚。七古纵横排宕，兼抒情与叙事于一体，故宜于表现起伏跌宕或复杂多变的情感与事态，如李白的《蜀道难》《梦游天姥吟留别》等。像描写长安这个宏伟繁华的皇都景象，自然用七古更能体现其阔大的气势，而皇甫冉此诗却是选用五律，因而令人有气格局促的感觉。

二是以律为绝与以绝为律。胡应麟曾以李杜诗为例批评说："杜之律，李之绝，皆天授神诣。然杜以律为绝，如'窗含西岭千秋雪，门泊东吴万里船'等句，本七言律壮语，而以为绝句，则断绵裂缯类也。李以绝为律，如'十月吴山晓，梅花落敬亭'等句，本五言绝妙境，而以为律诗，则骈拇枝指类也。"（《诗薮》）律与绝的区别主要在风格情调上，律诗工整凝重，贵气健；绝句语近情遥，贵韵长。杜甫的"窗含西岭千秋雪，门泊东吴万里船”，不唯写景工，兼有气象，正是律诗中好语，忽然遽止，令读者怅然若失，所以被胡应麟指责为“断绵裂缯”。杜甫的《奉和严郑公军城早秋》绝句也是这种情况。其诗云：“秋风袅袅动高旌，玉帐分弓射虏营。已收滴博云间戍，欲夺蓬婆雪外城。”语意实，语气重，给人的感觉这是一首未成律诗。胡应麟所论李白诗的原作是这样的：

胡人吹玉笛，一半是秦声。
十月吴山晓，梅花落敬亭。
愁闻出塞曲，泪满逐臣缨。
却望长安道，空怀恋主情。
（《观胡人吹笛》）

胡应麟认为，前四句已构成了一个完整的意境，正合绝句以情致见长、以韵味取胜的本色。加上四句衍成律诗，就如骈拇枝指。这一评判是颇有道理的。李白有一首同题之作《青溪半夜闻笛》，诗云：“羌笛梅花引，吴溪陇水情。寒山秋浦月，肠断玉关声。”同样的内容以绝句出之，便觉意味深长。由此亦可见出相题行事在艺术创作中的重要性。

后记

二十世纪八十年代诗歌鉴赏热的时候，我曾应一些出版社或主编之约，撰写过不少赏析文章。然而渐渐地便对写这类文章失去了兴趣。一个重要的原因，是有些在艺术上并无多少创新或特色的作品，你也得挖空心思地大唱赞词，而不能有所深入地谈其缺陷或不足。记得在为某社撰写金代词人蔡松年《鹧鸪天》词的讲析时，曾指出其中“胭脂雪瘦熏沉水，翡翠盘高走夜光”二句，虽骨重神寒，却也有明显的疏漏。“走夜光”意谓叶面上水珠晶莹闪烁，就像夜明珠在滚动。而荷叶上走珠之状，唯雨露中然后见之，据词意，当时则不应有雨露，此乃词人疏于呼应。然而该书出版时，这一段已被删去。主编或编辑也许认为，鉴赏讲个“赏”字，既然是“赏”，就不必涉及其缺陷或不足。所以我们所看到的名目繁多的诗歌鉴赏辞典或鉴赏书籍，绝少有对被赏析的作品提出批评的，甚至还有把缺点当作优点来谈的。殊不知任何诗歌都不会是完美无缺，《吕氏童蒙训》中已指出：“学古人文字，须得其短处。如杜子美诗，颇有近质野处。如《封主簿亲事不合》诗之类是也。东坡诗有汗漫处，鲁直诗有太尖新、太巧处，皆不可不知。”(《诗人玉屑》卷五引）知古人诗病，对诗人来说，正可提高写作水平，也就是使我们写出来的东西，不再亦步亦趋，重蹈古人的覆辙；对读者来说，则能从更高的层次提高自己的审美鉴赏能力。所以我觉得对诗之疵病避而不谈是不明智的。

正是出于这样的看法，我的兴趣开始渐渐转向对各种诗病的关注上。1993年，香港《大公报》的副刊编辑关礼光先生希望我能写个有关古典诗歌方面的栏目，于是我便以“古诗指瑕”为栏名，开始撰写这些文章。在写作的过程中，我深切体会到：赞美易，求疵难。许多诗病，往往作者不自知其非，观者亦不觉其谬。若没有敏锐的识力，缺乏开阔的视野，是难以辨得其中是非曲直的。好在前人与时贤的著述中已涉及这方面的问题，虽零碎而乏系统，却颇有启发与参考价值。在此基础之上，我融合个人的理解与体会，终于形成了这96篇文字。虽然各篇独立，但彼此合拢起来是一个整体。我不敢说指古人诗病已面面俱到，但亦大致已备。在这些文章的结集出版之际，我觉得还有三个问题需要说明。

一、或许有读者会认为书中的有些批评过于苛求。但古人有云：“取法于上，仅得其中；取法于中，不免为下。”把诗的标准定得高些，也只是希望“取法于上”而已。有些诗病虽属细枝末节，但白璧微瑕，终是憾事。文学史上固然没有尽善尽美的作品，可文学批评者有理由要求作品尽可能写得更加完美，何况有些原是诗人力所能及的。

二、王世贞曾云："诗不能无疵，虽《三百篇》亦有之，人自不敢摘耳。"(《艺苑卮言》) 对有些作品的批评，虽有大胆的成分，却绝非空穴来风、立异鸣高，而是建立在分析论证基础之上的。所以每一篇内容，都采取理论与实例相结合的方式。或许有些论述不能为读者所接受，但不妨视作一家之言。

三、诗人操觚之时有利钝，正复同江河之浩荡千里，不免挟泥沙以俱下。此书非浑观江河之落九天而泻千里，乃逼察其所挟之泥沙。虽是毛举琐求，却不以一字之累、一语之误、一句之拙而弃其全，所谓小眚不掩大好也。

"古诗指瑕"栏目在《大公报》陆续刊出后，颇受读者欢迎。施蛰存先生在读了剪报后曾给我来信，对这一研究工作给予很大的鼓励。我原想将所有篇目一气写完，未料1994年因工作岗位的变动及其他项目的催迫，在连载了六十余篇之后实在无暇为继，一拖就是两年。其间我曾有退却的想法，但礼光先生的一再催促，屡屡阻挡了我偷懒的念头，终于挤出时间续完了余稿。可以说，如果没有礼光先生对我的信任与支持，我恐怕不会写出这么一部书来，在此谨向他表示我深深的谢意。

陈如江

1997年7月于海上鸡鸣斋